AF742286

www.ingramcontent.com/pod-product-compliance
Lightning Source LLC
LaVergne TN
LVHW050752051026
849532LV00008B/2840
9789369088300

کہانی محفل

(بچوں کی کہانیاں)

مرتبہ:

سید حیدر آبادی

Kahani Mehfil (Short Stories)
by: Syed Hyderabadi
Edition: December '2025
Publisher :
Taemeer Publications LLC (Michigan, USA / Hyderabad, India)

ISBN 978-93-6908-830-0

کتاب	:	**کہانی محفل**
مرتب	:	**سید حیدرآبادی**
بہ تعاون	:	روشنائی ڈاٹ کام ویب سائٹ
صنف	:	ادب اطفال
ناشر	:	تعمیر پبلی کیشنز (حیدرآباد، انڈیا)
سالِ اشاعت	:	۲۰۲۵ء
صفحات	:	۸۸
سرورق ڈیزائن	:	تعمیر ویب ڈیزائن

فہرست

پیش لفظ

بچوں کا ادب، جسے اکثر صرف تفریح کا ذریعہ سمجھا جاتا ہے، درحقیقت انسانی ذہن کی تشکیل اور تخیل کی پرواز کے لیے ایک غیر معمولی ذریعہ ہے۔ یہ وہ ابتدائی سیڑھی ہے جہاں سے بچے دنیا کو سمجھنا شروع کرتے ہیں، اخلاقی اقدار سیکھتے ہیں، اور اپنے اندر موجود تجسس اور ہمدردی کی صلاحیتوں کو پروان چڑھاتے ہیں۔ بین الاقوامی بچوں کا افسانوی ادب اس لحاظ سے اور بھی اہم ہو جاتا ہے کہ یہ بچوں کو اپنی ثقافتی حدود سے باہر کی دنیا سے متعارف کراتا ہے۔ مختلف ممالک، مختلف رسم و رواج اور متنوع کرداروں کے ذریعے کہانیاں بچوں کو یہ احساس دلاتی ہیں کہ دنیا ایک رنگارنگ اور وسیع جگہ ہے، جہاں ہر فرد منفرد اور قیمتی ہے۔ یہ کہانیاں زبان کی رکاوٹوں کو توڑ کر ایک عالمی برادری کا احساس دلاتی ہیں، جہاں ہر بچہ ایک ہی انسانی تجربے کا حصہ ہے۔ اچھی کہانیاں نہ صرف بچوں کو دل بہلاتی ہیں بلکہ انہیں تنقیدی سوچ، مسائل کو حل کرنے کی صلاحیت اور مختلف نقطہ نظر کو سمجھنے کی بصیرت بھی فراہم کرتی ہیں۔ یہ انہیں چیلنجز کا سامنا کرنے کی ہمت دیتی ہے، انہیں دکھ اور خوشی جیسے جذبات سے آشنا کرتی ہیں، اور انہیں سکھاتی ہیں کہ ہر کہانی میں ایک سبق چھپا ہوتا ہے۔ مترجم شدہ ادبی کام خاص طور پر بچوں کے لیے انمول

ہوتے ہیں کیونکہ یہ انہیں دوسری ثقافتوں کے ہیروز، ان کی فتوحات، اور ان کی جدوجہد سے ملاتے ہیں، جس سے ان کی دنیا کا نظریہ وسیع ہوتا ہے اور وہ ایک زیادہ باشعور اور ہمدرد انسان بنتے ہیں۔ کہانیوں کے ذریعے وہ نئے الفاظ سیکھتے ہیں، اپنی زبان پر عبور حاصل کرتے ہیں، اور سب سے اہم، زندگی کے وہ سبق سیکھتے ہیں جو انہیں ایک بہتر مستقبل کی جانب رہنمائی کرتے ہیں۔ یہ بین الاقوامی کہانیاں، جب ہماری اپنی زبان میں ڈھل کر بچوں تک پہنچتی ہیں، تو وہ ایک پل کا کام کرتی ہیں، جو ثقافتوں کے درمیان سمجھ اور یگانگت پیدا کرتی ہے۔ یہ بچے کے تخیل کو پرواز بخشتی ہیں، انہیں نئے خواب دیکھنے اور بڑے مقاصد حاصل کرنے کی ترغیب دیتی ہیں۔

پیشِ خدمت مجموعہ "کہانی محفل" بھی اسی ادبی روایت کی کڑی ہے، جس میں قاری کو دنیا بھر سے منتخب کردہ نو ایسی کہانیاں پڑھنے کو ملیں گی جو سنسنی، مہم جوئی اور اخلاقی اسباق کا حسین امتزاج ہیں۔

ان کہانیوں میں 'گانے والی کیتلی' کنجوسی اور سخاوت کے گرد گھومتی ہے، جہاں ایک بدمزاج کرلی کو ایک جادوئی کیتلی کے ذریعے زندگی کا اہم سبق ملتا ہے۔ 'پنجوں کا راز' ایک ایسی بلی کی کہانی ہے جو چوہے پکڑنے میں ناکام رہتی ہے لیکن ایک گہرے راز کے ساتھ دکان کو تباہی سے بچاتی ہے۔ 'ستارہ' میں ایک خلائی جسم کے زمین سے ٹکرانے کے خطرے اور انسانیت کے امتحان کو سائنسی اور جذباتی انداز میں بیان کیا گیا ہے۔ 'ذہانت کی آئس کریم' ایک مغرور ذہین بچے کی کہانی ہے جو آئس کریم کی جادوئی خصوصیات کا غلط استعمال کرتا ہے اور پھر اس کا خمیازہ بھگتتا ہے۔ 'قاتل بلی کی ڈائری' ایک ایسی بلی کے مشاہدات ہیں جو انسانی رویوں پر طنزیہ تبصرے کرتی ہے اور

مزاح سے بھرپور انداز میں اپنی 'معصومیت' کا دفاع کرتی ہے۔ 'اپنا آئیڈیا' میں دو بچوں کے درمیان رقابت کو دکھایا گیا ہے جو اپنی تخلیقی صلاحیتوں کو پرکھتے ہیں۔ 'آخری پتا' زندگی اور موت کی کشمکش اور امید کی ایک دل چھو لینے والی کہانی ہے، جہاں ایک بیمار لڑکی کی بقا ایک پتے کے گرنے سے جڑی ہے۔ 'آخری کمال' ایک ایسے جادوگر کی داستان ہے جسے ایک 'ذہین' شخص کی وجہ سے عوامی پریشانی کا سامنا کرنا پڑتا ہے، مگر بالآخر وہ ایک انوکھے جادو سے حاضرین کو متاثر کرتا ہے۔ آخر میں، 'سلور بلیز کا اغوا' شرلاک ہومز کی ایک سنسنی خیز مہم ہے جس میں وہ ایک مشہور گھوڑے کی گمشدگی اور قتل کے پیچیدہ راز کو اپنی ذہانت سے حل کرتے ہیں۔

یہ کہانیاں بچوں کو تخیل کی دنیا میں لے جائیں گی اور انہیں زندگی کے اہم پہلوؤں سے روشناس کرائیں گی۔ امید ہے کہ "کہانی محفل" قارئین کے لیے ایک یادگار اور پرلطف تجربہ ثابت ہوگی۔

ا

گانے والی کیتلی

مصنفہ: Enid Blyton

مترجم: گل رعنا صدیقی

کرلی اپنے گھر میں اکیلا رہتا تھا۔ وہ بے حد مکار تھا لیکن وہ ہمیشہ خود کو بہت نیک ظاہر کرتا تھا۔ اگر وہ کبھی ٹافیوں کا پیکٹ خریدتا تو فوراً اپنی جیب میں ڈال کر گھر کا رخ کرتا اور اگر راستے میں وہ کسی دوست سے ملتا تو کہتا: "اگر میرے پاس ٹافیوں کا پیکٹ ہوتا تو میں تمہیں ضرور پیش کرتا۔"

دوست کہتا: "کوئی بات نہیں، یہ تمہاری اچھائی ہے کہ تم نے ایسا سوچا۔" اور وہ یہ سوچتا ہوا چلا جاتا کہ کرلی کس قدر ہمدرد اور سخی شخص ہے۔

ایک دن جب کرلی گھر جا رہا تھا تو اس نے ایک عجیب سے شخص کو اپنے آگے جاتے دیکھا۔ وہ ایک کبڑا شخص تھا جس نے اپنی کمر، کندھوں اور سینے پر ساس پین، پتیلیاں اور کیتلیاں لٹکا رکھی تھیں۔ جب وہ چلتا تو برتن شور مچانے لگتے، لیکن اس شور سے بھی تیز کبڑے شخص کی آواز تھی۔ وہ گا رہا تھا:

"کیا تمہیں ایک ساس پین، کیتلی یا پتیلی چاہیے؟

اگر تمہیں چاہیے تو میں کبڑا آدمی ہوں!

میں پتیلیوں اور کیتلیوں کے وزن سے زمین کو لگا جا رہا ہوں۔

ہے، ہے، ہے، میں کبڑا آدمی ہوں!

"کیا تمہیں ایک ساس پین، کیتلی یا پتیلی چاہیے؟"

کرلی کو ایک نئی کیتلی کی سخت ضرورت تھی، کیوں کہ اس کی اپنی کیتلی میں سوراخ ہو گیا تھا۔ لہٰذا وہ کبڑے کے پیچھے دوڑا اور اسے آوازیں دیں۔ کبڑا اس کی طرف پلٹا اور مسکرا دیا۔ وہ ایک خوش مزاج آدمی تھا۔

"مجھے ایک اچھی، سستی اور چھوٹی کیتلی چاہیے۔" کرلی نے کہا۔

"میرے پاس ایک اچھی کیتلی ہے۔" کبڑے نے کہا اور ایک چھوٹی چمک دار کیتلی کی طرف اشارہ کیا جو اس کی کمر پر لٹکی ہوئی تھی۔

"یہ کتنے کی ہے؟" کرلی نے پوچھا۔

"چھے پینس۔" کبڑے نے جواب دیا۔

اگرچہ یہ بہت کم قیمت تھی، لیکن مکار کرلی اسے چھے پینس میں نہیں خریدنا چاہتا تھا۔ اس نے قیمت سن کر چونکنے کی اداکاری کرتے ہوئے ایک سرد آہ بھری: "اوہ! میں اتنا امیر نہیں ہوں کہ اتنی زیادہ قیمت ادا کر سکوں۔" میں صرف تین پینس ادا کر سکتا ہوں۔"

کبڑے نے سختی سے کہا: "یہ بہت کم ہیں، تمہیں ہر حالت میں چھے پینس دینے ہوں گے۔"

وہ کھڑے ہو کر دیر تک بحث کرتے رہے۔ کبڑا کہتا چھے پینس اور کرلی کہتا تین

پینس۔ آخر کبڑے نے ایک قہقہہ لگایا اور اپنے برتن چھنکاتا ہوا وہاں سے یہ کہہ کر چل پڑا: "تم ایک مکار اور کنجوس بوڑھے ہو، میں تمہیں کچھ بھی نہیں بیچوں گا۔ اللہ حافظ مسٹر کنجوس۔"

کرلی تھوڑی دیر تک اسے غصے میں کھڑا دیکھتا رہا اور پھر چلنے لگا۔ وہ کبڑے کے پیچھے پیچھے چل رہا تھا، کیوں کہ اس کے گھر جانے کا راستہ بھی یہی تھا، مگر اس نے اس بات کا خیال رکھا کہ کبڑے سے بہت قریب ہو کر نہ چلے۔ وہ خوف زدہ تھا کہ کبڑا اسے پھر کچھ سخت باتیں کہہ دے گا۔

اس دن بہت گرمی تھی۔ کبڑا بری طرح تھک چکا تھا۔ اس نے سوچا کہ اسے کہیں بیٹھ کر آرام کرنا چاہیے۔ لہٰذا وہ ایک درخت کے سائے میں بیٹھ گیا اور جلد ہی سو گیا۔ کرلی نے اس کے خراٹے سن لیے۔ اس کے ذہن میں ایک خیال آیا کہ میں اس موقع سے فائدہ اٹھا کر اپنی پسندیدہ کیتلی حاصل کر سکتا ہوں۔ اس کے بدلے میں تین پینس اس کے پاس رکھ دوں گا۔ جب یہ اٹھے گا تو اسے کتنا غصہ آئے گا کہ میں آخر تین پینس میں کیتلی حاصل کرنے میں کامیاب ہو ہی گیا۔

کرلی دبے پاؤں چلتا ہوا کبڑے کے پاس پہنچا۔ وہ گہری نیند سو رہا تھا۔ کرلی نے بغیر آواز پیدا کیے ایک چھوٹی چمک دار کیتلی اتار لی اور تین چمک دار پینس گھاس پر رکھ کر ہنستا ہوا گھر کی طرف چلا گیا۔ گھر پہنچتے ہی اس نے کیتلی کو پانی سے بھر کر آگ پر رکھ دیا۔ پانی بہت جلد ابلنے لگا اور کیتلی کی ٹونٹی سے دھواں نکلنے لگا۔ کرلی نے چائے تیار کی اور پینے لگا۔ اتنے میں کوئی اس کے باغ کے راستے چلتا ہوا آیا اور دروازے سے جھانکا۔ یہ کبڑا تھا۔ جب اس نے دیکھا کہ کرلی نے کیتلی چولہے پر

رکھی ہوئی ہے تو اس کے چہرے پر ایک خوف ناک سی مسکراہٹ آگئی۔ اس نے دل میں کرلی سے کہا: "بہت خوب، اب تم یہ کیتلی اپنے پاس رکھو، یہ تم سے بہت اچھا سلوک کرے گی۔" پھر کیتلی کی طرف منہ کر کے کوئی منتر پڑھا اور کہا: "سنو کیتلی! کرلی کو وہ سبق سکھاؤ جس کی اسے ضرورت ہے۔"

کبڑا اچھلتا کودتا اور ہنستا ہوا واپس چلا گیا۔

کرلی نے خود کو بے چین سا محسوس کیا: "وہ اس طرح کیوں ہنس رہا تھا؟ اوہ، وہ صرف مجھے خوف زدہ کرنا چاہتا تھا۔"

کرلی نے خود کو مخاطب کیا: "احمق بوڑھا کبڑا۔"

اس نے اپنی پیالی دھوئی اور کیتلی میں پانی بھر کر دوبارہ چڑھا دی۔ وہ میلے برتن دھو رہا تھا کہ اس کے دروازے پر ایک دستک ہوئی اور اس کی پڑوسن ڈیم پٹ نے اندر جھانکا: "کرلی! کیا تم مجھے تھوڑی سی چائے کی پتی ادھار دے سکتے ہو؟ میرے پاس چائے کی پتی ختم ہو گئی ہے اور دکانیں بہت دور ہیں۔"

کرلی کے پاس چائے کی پتی سے بھرا ہوا پورا ٹن موجود تھا، لیکن وہ ڈیم پٹ کو تھوڑی سی بھی چائے ادھار نہیں دینا چاہتا تھا۔ وہ برتنوں کی الماری کی طرف گیا اور ایک خالی ٹن اٹھا لایا۔

اس نے پڑوسن سے کہا: "ہاں بالکل! میں تمہیں چائے کی پتی دے سکتا ہوں۔ اوہ! ٹن تو خالی ہے! کتنے افسوس کی بات ہے۔ اگر میرے پاس چائے ہوتی تو میں تمہیں آدھی چائے دے دیتا، لیکن میں ساری چائے استعمال کر چکا ہوں۔"

ڈیم پٹ نے خالی ٹن کو دیکھا اور پھر جانے کے لیے مڑ گئی۔ اس نے کہا: "میں

معافی چاہتی ہوں کرلی کہ میں نے تمہیں تکلیف دی۔ یہ تمہاری اچھائی ہے کہ تم نے کہا کہ اگر تمہارے پاس چائے ہوتی تو تم مجھے اس کا آدھا دے دیتے۔"

اچانک ایک حیرت انگیز بات ہوئی۔ چولہے پر رکھی کیتلی کی ٹونٹی سے بہت سارا دھواں باہر آیا اور وہ ایک باریک مگر واضح آواز میں گانے لگی:

"مسٹر کرلی کے پاس چائے کی کمی نہیں ہے!

وہ اتنا ہی کنجوس ہے جتنا کوئی انسان ہو سکتا ہے!

اس ٹن میں دیکھو جو شیلف کے اوپر بائیں جانب ہے!

اور دیکھو اس کے پاس اپنے لیے کتنی زیادہ چائے ہے۔"

پھر کیتلی نے ایک گہری سانس لی اور چلائی:

"گھٹیا بوڑھا آدمی! کنجوس بوڑھا آدمی! اووووہ! اس کو دیکھو!"

ڈیم پٹ اس قدر حیرت زدہ ہوئی کہ وہ کئی لمحوں کے لیے ساکت کھڑی رہی۔ وہ سمجھ نہیں سکی کہ گانے کی آواز کہاں سے آرہی ہے، لیکن کرلی کو معلوم ہو گیا تھا کہ یہ آواز کیتلی میں سے آرہی ہے۔ وہ بے حد غصے میں تھا۔ ڈیم پٹ شیلف کے پاس گئی اور بائیں جانب رکھے ہوئے ٹن کو نیچے اتارا۔ اس نے اسے کھول کر دیکھا تو وہ چائے کی پتی سے لبالب بھرا ہوا تھا۔ اس نے کہا: "بہت خوب کرلی! تم نے کہا تھا کہ اگر تمہارے پاس چائے ہوتی تو تم مجھے اس کا آدھا حصہ دے دیتے، لہٰذا میں تمہارے الفاظ کے مطابق آدھی چائے لے لیتی ہوں۔"

اس نے ٹن میں سے آدھی چائے اپنے برتن میں الٹ لی جو وہ اپنے ساتھ لائی تھی اور باہر چلی گئی۔

کرلی کیتلی سے اس قدر ناراض تھا کہ اس نے کیتلی کو ایک چھڑی سے مارنے کا فیصلہ کیا، لیکن اس سے پہلے کہ وہ اپنے فیصلے پر عمل کرتا، کسی نے اپنا سر اس کی کھڑکی میں ڈال کر اسے آواز دی: "مسٹر کرلی! مہربانی کر کے کیا آپ مجھے اپنی چھتری ادھار دیں گے؟ میری چھتری کھو گئی ہے اور اس وقت بڑے زور کی بارش ہو رہی ہے۔"

یہ کیپرز تھا جو اس کا پڑوسی تھا۔ وہ ہمیشہ کرلی کو چیزیں ادھار دیتا تھا اور آج وہ خود اپنے لیے کچھ مانگنے آیا تھا، مگر کرلی کا موڈ بہت خراب تھا۔ اس نے کہا: "میری چھتری بھی کھو گئی ہے، میں بہت معذرت خواہ ہوں کیپرز! اگر میرے پاس چھتری موجود ہوتی تو میں تمہیں ضرور دے دیتا۔"

کیپرز نے کہا: "اوہ اچھا، کوئی بات نہیں۔ یہ تمہاری اچھائی ہے کہ تم نے مجھے ادھار دینے کے لیے کہا۔" مگر اس سے پہلے کہ وہ واپس لوٹتا، چمک دار کیتلی نے چولہے پر سے چھوٹی سی چھلانگ لگائی اور گانا شروع کر دیا:

"مسٹر کرلی کے پاس ایک چھتری ہے!
وہ بے حد خراب اور کنجوس ہے۔
وہ کہتا ہے کہ اس کے پاس چھتری نہیں ہے۔
لیکن تم جاؤ، ہال میں دیکھو!"

کیپرز یہ گانا سن کر اس قدر حیران ہوا کہ وہ کھڑکی کے اندر آدھا لٹک آیا۔ کرلی غصے سے چقندر کی طرح سرخ ہو رہا تھا۔ کیپرز کچن کے دروازے سے گزر کر ہال میں آیا جہاں کرلی کی چھتری رکھی ہوئی تھی۔ کیپرز نے چھلانگ لگائی اور فوراً

چھتری اٹھالی۔ اس نے چھتری کو کرلی کے آگے لہرایا: "تم نے کہا تھا کہ اگر تمہارے پاس چھتری ہوتی تو میں اسے ادھار دے دیتا۔ چھتری یہاں موجود ہے، لہٰذا میں اسے ادھار لے رہا ہوں۔ بہت شکریہ۔"

کیپرز چلا گیا اور کرلی غصے میں ایک چھڑی اٹھا کر کیتلی کو مارنے لپکا، مگر کیتلی اس سے زیادہ پھرتیلی نکلی۔ وہ ہوا میں بلند ہوگئی اور ایک اونچی الماری پر چلی گئی۔ پھر اس نے ابلتے ہوئے پانی کا صرف ایک قطرہ کرلی کے ہاتھ پر گرایا۔ کرلی نے درد سے چلانا شروع کر دیا۔ اسی وقت کسی نے اس کے دروزے پر دستک دی۔ کرلی نے دروازہ کھولا۔ وہاں ریگ اور ٹیگ کھڑے مسکرا رہے تھے: "مسٹر کرلی! ہم غریب مسٹر ٹیمبل کے لیے پیسے جمع کر رہے ہیں جن کا گھر کل آگ لگنے سے جل گیا تھا۔ آپ بے حد نیک آدمی ہیں اور اس لیے ہم نے سوچا کہ آپ یقیناً ہمیں ایک پینی ضرور دیں گے۔"

کرلی جانتا تھا کہ اس کی جیبوں میں کوئی پیسہ نہیں ہے۔ لہٰذا وہ انہیں لے کر اندر آگیا اور کہنے لگا: "اوہ ہاں! میرے پاس جتنے پیسے ہیں تم وہ سب لے سکتے ہو۔"

پھر اس نے اپنی جیب میں ہاتھ ڈالتے ہوئے کہا: "اوہ خدایا! میری جیب میں تو کچھ بھی نہیں ہے۔ میں بہت خوشی محسوس کرتا اگر تمہاری مدد کر سکتا، لیکن افسوس کہ میرے پاس تمہیں دینے کے لیے پھوٹی کوڑی بھی نہیں ہے۔"

"کوئی بات نہیں، آپ کا بہت بہت شکریہ کہ آپ نے کم از کم ہمیں پیسے دینے کا ارادہ تو کیا۔" لیکن اس سے پہلے کہ وہ جاتے، چھوٹی کیتلی دوبارہ گانے لگی:

"اگرچہ وہ کہتا ہے کہ اس کے پاس کچھ نہیں ہے۔

لیکن اس کے پاس چاندی کا ایک سکہ ہے۔
اس کے پرس میں دیکھو جو میز پر رکھا ہے۔
اور لے لو وہ پیسے وہ تمہیں بخوبی دے سکتا ہے۔"

ریگ اور ٹیگ پورے باورچی خانے کو غور سے دیکھنے لگے تا کہ اس آواز کا سراغ لگا سکیں، مگر انہوں نے وہاں کرلی کے سوا کسی کو نہیں پایا۔

کرلی بہت غصے میں تھا اور شرمندہ بھی نظر آرہا تھا۔ دونوں نے پرس کو میز پر پڑے ہوئے دیکھا اور دوڑ کر اسے اٹھالیا۔ اس میں چاندی کا ایک چھے پینس والا سکہ موجود تھا۔ انہوں نے سکہ نکال کر اپنے بکس میں رکھ لیا۔

انہوں نے کہا: "بہت خوب مسٹر کرلی! آپ نے کہا تھا کہ ہم وہ سارے پیسے لے سکتے ہیں جو آپ کے پاس ہیں۔ لہٰذا ہم یہ چاندی والا سکہ لے رہے ہیں۔ اللہ حافظ۔"

وہ ہنستے ہوئے باہر چلے گئے، لیکن وہ بے حد پریشان بھی تھے کہ مکان کے اندر وہ کون تھا جس نے کرلی کا پول کھول دیا۔

کرلی اس قدر غصے میں تھا کہ اس نے دودھ کا جگ اٹھا کر کیتلی پر دے مارا جو اب بھی الماری پر موجود تھی۔ کیتلی پھدک کر ایک طرف ہوگئی اور جگ سامنے والی دیوار سے ٹکرا کر کئی ٹکڑوں میں تقسیم ہو گیا۔ دودھ بہ کر کرلی کے سر پر گرنے لگا۔ کیتلی نے ہنسنا شروع کر دیا۔ کرلی کو اور بھی غصہ آیا۔ اس نے ایک ہتھوڑی اٹھا کر کیتلی پر دے ماری، مگر وہ پھر ایک طرف ہٹ گئی اور الماری کے اوپر رکھا ہوا آلو بخارے کے مربے کا خوب صورت جار ٹکڑے ٹکڑے ہو گیا اور سارا مربہ کرلی کے

اوپر گرنے لگا۔ کیتلی ہنستے ہنستے بے حال ہوگئی۔ کرلی نل کے نیچے بیٹھ کر نہایا۔

وہ اب کیتلی سے خوف محسوس کر رہا تھا۔ کرلی نے سوچا کہ اسے کسی بھی طرح کیتلی سے نجات حاصل کر لینی چاہیے ورنہ کیتلی سب لوگوں کو اس کی اصلیت بتا دے گی۔ میں رات ہونے کا انتظار کروں گا۔ جب وہ سو جائے گی تو میں اسے اٹھا کر دور پھینک آؤں گا۔ لہٰذا اس نے کیتلی کے بارے میں سوچنا بند کر دیا۔ چونکہ کوئی اور شخص اس کے بعد نہیں آیا، لہٰذا کیتلی خاموش رہی۔

نو بجے رات کو کرلی بستر پر چلا گیا۔ کیتلی چھلانگ لگا کر نیچے چولہے پر اتر آئی اور سو گئی۔ کرلی نے تھوڑی دیر انتظار کیا اور پھر وہ دبے پاؤں بستر سے اتر کر چولہے کے پاس آیا اور کیتلی اٹھالی۔ کیتلی جاگ گئی اور چلانے لگی، مگر کرلی نے اسے ہینڈل سے پکڑ لیا۔ کیتلی کے اندر پانی اب گرم نہیں رہا تھا لہٰذا وہ کرلی کو زخمی نہیں کر سکتی تھی۔ وہ کیتلی کو اٹھا کر اپنے باغ کے پچھلے حصے میں آیا۔ یہاں کوڑے کباڑ کا ایک ڈھیر تھا۔ کرلی نے کچرے کے ڈھیر میں اسے پھینک دیا۔ پھر خوشی خوشی واپس لوٹ آیا اور سو گیا۔

آدھی رات کو وہ کھڑکی پر ہونے والی دستک کی آواز سے جاگ گیا۔ کسی کی آواز آئی: "مجھے اندر آنے دو۔ میں گندی ہوگئی ہوں اور نہانا چاہتی ہوں۔"

کرلی نے خوف زدہ ہوتے ہوئے سوچا: "یہ وہی کیتلی ہے۔ خیر اب چاہے یہ ساری رات دستک دیتی رہے، میں اسے اندر نہیں لاؤں گا۔"

کیتلی پھر بھی دستک پر دستک دیتی چلی گئی اور آخر اس نے خود کو شیشے سے ٹکرا دیا۔ شیشہ ٹوٹ گیا اور کیتلی اندر آگئی اور کرلی کے بستر پر چلی گئی۔ اس نے کہا: "مجھے

دھو دو، میں گندی اور بد بو دار ہو گئی ہوں۔ تمہیں مجھے غلیظ کچرے کے ڈھیر پر نہیں پھینکنا چاہیے تھا۔"

"نکل جاؤ میرے صاف ستھرے بستر سے!" کرلی غصے میں چلایا، لیکن کیتلی نیچے نہیں اتری اور آخر کرلی اس کو اٹھا کر لے گیا اور اسے خوب دھویا پھر اس نے زور سے چولہے پر پٹخا اور سونے چلا گیا۔

دوسرے دن کیتلی اس کے بارے میں دوبارہ گانے لگی اور کرلی یہ گانے سن سن کر عاجز آگیا۔ بہت سے لوگوں نے کرلی کے مکان میں پیش آنے والے عجیب و غریب واقعات کے بارے میں سنا۔ لہٰذا لوگ سارا دن مختلف چیزیں مانگنے اس کے مکان میں آتے رہے اور بے چارہ کرلی اپنی جان سے بیزار ہو گیا۔ اس نے سوچا میں اس کیتلی کو آج رات اپنے کنویں میں غرق کر دوں گا۔ لہٰذا اگلی رات اس نے کیتلی کو اٹھا کر کنویں میں پھینک دیا۔ اس کا خیال تھا کہ وہ وہاں سے نہیں نکل سکتی، لیکن رات کو تقریباً تین بجے اس کی کھڑکی پر دستک ہوئی۔ کیتلی واپس آچکی تھی: "کرلی مجھے اندر آنے دو۔ میں ٹھ.. ٹھ.. ٹھنڈی اور گگ.. گگ.. گیلی ہوں۔"

کرلی خوف زدہ تھا کہ کہیں اس کھڑکی دوبارہ نہ ٹوٹ جائے۔ لہٰذا وہ اپنے بستر سے چھلانگ لگا کر اترا اور کپکپاتی ہوئی کیتلی کو اندر لے آیا۔ وہ اس کے بستر میں گھس گئی۔

"کنویں میں بہت سردی اور نمی تھی۔ مجھے گرم کرو کرلی!"

کرلی بہت غصے میں تھا، لیکن اسے کیتلی کے ساتھ سونا پڑا اور رات بھر اس کی ٹونٹی اسے چبھتی رہی۔

صبح اس نے کیتلی کو چولہے پر رکھا اور ناشتا کرنے کے دوران اس نے سوچنا شروع کر دیا:

"میں اس کیتلی سے چھٹکارا حاصل نہیں کر سکتا۔ اور یہ بات یقینی ہے کہ جب تک یہ یہاں ہے مجھے لوگوں کے سامنے شرمندہ کراتی رہے گی۔ اگر میں لوگوں کو چیزیں ادھار دینا شروع کر دوں تو یہ کیا کرے گی؟ ٹھیک ہے۔ اب میں یہ بھی کر کے دیکھوں گا۔"

ایک دن جب مدر ہومی آئی اور صابن کا ایک ٹکڑا ادھار مانگا تو کرلی نے بغیر کسی بہانے کے انہیں صابن کی بڑی نئ ٹکیا دے دی۔ مدر ہومی حیران اور خوش ہوئی: "تمہارا بہت بہت شکریہ کرلی۔ تم ایک ہمدرد انسان ہو۔"

کیتلی نے ایک لفظ بھی نہیں کہا۔ کرلی نے اپنے آپ کو بہت خوش محسوس کیا۔ کسی کی مدد کرنا بہت ہی خوب صورت بات تھی۔ اس نے طے کر لیا کہ وہ اس عمل کو پھر دہرائے گا کہ کیتلی کچھ کہتی ہے یا نہیں۔ اس نے جلد ہی محسوس کر لیا کہ جب تک وہ جھوٹ نہ بولے اور بہانے بازی نہ کرے کیتلی ایک لفظ بھی نہیں کہتی۔ کرلی نے یہ بھی اندازہ لگایا کہ دوسروں کے کام آنا بہت اچھی بات ہے۔

اس نے خود سے کہا: "میں غلطی پر تھا، میں زندگی کا نیا ورق الٹوں گا اور نیک بننے کی کوشش کروں گا اور اس کیتلی کا جو دل چاہے، یہ کہہ سکتی ہے۔"

اب کیتلی کے پاس کہنے کو کچھ نہ رہا، کیوں کہ کرلی واقعی ہمدرد اور سخی ہو گیا تھا۔ ایک دوبار وہ بھولا، لیکن جیسے ہی کیتلی نے گانا شروع کیا اسے فوراً یاد آ گیا اور جب وہ سیدھے راستے پر چلنے لگا تو کیتلی نے اپنا گانا بند کر دیا۔

ایک دن برتن والے بوڑھے کبڑے نے دروازے کے اندر جھانکا۔ اس کے چہرے پر پہلی جیسی مسکراہٹ تھی: "ہیلو کرلی! کہو کیتلی پسند آئی؟ کیا یہ تین پینس کے بدلے سستی تھی؟ میں اسے واپس لینے آیا ہوں، جو کچھ تمہارے ساتھ ہوا نامناسب تھا، لیکن میرا خیال ہے کہ تم اس کے مستحق تھے۔"

کرلی نے مسکراتے ہوئے کبڑے کی طرف دیکھا اور جیب سے تین پینس نکال کر کبڑے کی طرف بڑھائے۔

"تم کیتلی چھے پینس میں فروخت کرنا چاہتے تھے، لیکن میں نے اسے تین پینس میں حاصل کر لیا۔ یہ بہت بری بات تھی۔ یہ لو باقی تین پینس۔"

کبڑے نے حیران ہو کر پوچھا: کیا تم کیتلی مجھے واپس نہیں کرنا چاہتے؟ دراصل میں نے اس پر ایک منتر پھونک دیا تھا۔"

کرلی نے کہا: "ہاں میں جانتا ہوں، لیکن میں اس کا مستحق تھا۔ اب میں بدل چکا ہوں۔ میں کیتلی کو بھی پسند کرنے لگا ہوں۔ ہم گہرے دوست ہیں۔"

کبڑے نے حیران ہوتے ہوئے کہا: "اچھا! حیرت ہے، اب تین پینس کے بارے میں زحمت نہ کرو کرلی! مجھے یہ نہیں چاہئیں۔"

کرلی نے کہا: "اچھا اگر تم نہیں لینا چاہتے تو میرے ساتھ ایک کپ چائے پیو جو گانے والی کیتلی میں تیار ہو گی۔"

کبڑا یہ جان کر بہت خوش ہوا کہ کرلی بہت ہی ہمدرد ہو گیا ہے۔ وہ خوشی خوشی میز پر بیٹھ گیا۔ دونوں نے چائے پی اور کیک کھایا۔ دونوں نے باتوں کے دوران محسوس کیا کہ اب وہ ایک دوسرے کو بہت پسند کرنے لگے ہیں۔

اب مسٹر کرلی اور کبڑا بہت گہرے دوست ہیں اور گانے والی کیتلی صرف اس وقت گنگناتی ہے جب وہ ان کی چائے کے لیے پانی گرم کرتی ہے۔ آپ اس کا گانا سن سکتے ہیں۔

***

۲

پنجوں کا راز

مصنف: Paul Jennings

ترجمہ: گل رعنا

میجر میک کی فرائیڈ چکن شاپ پر ایک بلی رہتی تھی، جو چوہے نہیں پکڑ سکتی تھی۔ وہ ان کے پیچھے ضرور دوڑتی لیکن اُنھیں پکڑنے میں ہمیشہ ناکام رہتی۔ بلی کا نام 'فیٹی' تھا۔ دکان اور بلی کا مالک 'میک' اسے سخت ناپسند کرتا تھا۔

"پتا نہیں، میں نے اسے اب تک یہاں رکھا ہوا ہی کیوں ہے۔ یہ ایک بھی چوہا نہیں پکڑ سکتی۔" وہ اکثر یہی کہتا۔

مجھے اس بلی سے بڑی ہمدردی محسوس ہوتی لیکن میں کچھ کہنے کی جرا

ءت نہیں کر سکتا تھا۔ یہ میری نئی، نئی ملازمت تھی۔ اسکول کے بعد شام کو پارٹ ٹائم ملازمت ملنا کوئی آسان کام نہیں تھا اور میں یہ ملازمت کھونا نہیں چاہتا تھا۔

میک اپنی بلی کو محض مرغی کے پنجے کھانے کو دیتا اور کہتا: "یہ اس سے زیادہ کھانے کی اہل نہیں ہے، بھوکی رہے گی تو شاید کچھ چوہے پکڑے۔"

میں کبھی، کبھی مالک کی نظر بچا کر چکن کا کوئی ٹکڑا اُس کے آگے ڈال دیتا اور وہ میری طرف شکر گزار نظروں سے دیکھتی۔

میرا کام کاؤنٹر پر لوگوں کے آرڈر نوٹ کرنا تھا۔ میک اندر کچن میں آرڈر کا پارسل تیار کر کے ایک چھوٹی سی کھڑکی سے باہر سرکا دیتا اور میں پارسل دے کر پیسے وصول کر لیتا۔ دکان کی ایک الماری پر ہمیشہ ایک بھاری بھرکم تالا پڑا رہتا تھا۔ میں نے میک سے پوچھا: "کیا آپ اس میں اپنے پیسے رکھتے ہیں؟"

"نہیں۔۔۔!" اُس نے جواب دیا۔ پھر الماری کا تالا کھول کر اُس نے ایک سیاہ چمڑے کی جلد والی کتاب نکالی۔ جس کے سرورق پر لکھا تھا: "میجر میک کے فرائیڈ چکن کی خفیہ ترکیبیں جو پچاس مختلف مسالہ جات سے تیار کیے جاتے ہیں۔"

"اس کتاب کو ہاتھ لگانے کی اجازت کسی کو بھی نہیں ہے۔۔۔ کسی کو بھی نہیں!" اُس نے سخت لہجے میں کہا، پھر اس کی آواز دھیمی ہو گئی: "دور۔۔۔ دور سے لوگ یہاں میرا اسپیشل چکن کھانے آتے ہیں۔ قصبے میں جلد ہی ایک نئی چکن شاپ کھلنے والی ہے۔ اگر ان کے ہاتھ کسی طرح میری تراکیب لگ گئیں تو میرا کاروبار بند ہو جائے گا۔" یہ کہہ کر اُس نے کتاب واپس الماری میں رکھ کر تالا لگا دیا اور کہا: "جب میں یہ کتاب کھولوں تو تم کو کمرے سے باہر چلے جانا چاہیے اور فیٹی۔۔۔! تم کو بھی!"

اُس نے بلی کو خشمگیں نظروں سے دیکھا تو میں حیرت زدہ رہ گیا کہ بھلا بلی کوئی

کتاب کیسے پڑھ سکتی ہے۔

خیر۔۔۔۔ ایک مہینہ بخیر و عافیت گزر گیا۔ میں اپنے کام میں خاص ماہر ہو گیا تھا۔ میک کی دکان کے سامنے چکن خریدنے والوں کا مجمع لگا رہتا تھا۔ دوسری طرف غریب فیٹی دن بدن دبلی ہوتی چلی جا رہی تھی۔

"یہ اچھا کھانا کھانے کی مستحق نہیں ہے۔ دکان میں چوہے دن بدن بڑھتے چلے جا رہے ہیں۔" میک نے فیصلہ کن لہجے میں کہا۔

اس کی بات سچ تھی، پہلے پہل تو چوہے کوڑے دان میں ہی دکھائی دیتے تھے لیکن پھر وہ اتنے شریر ہو گئے کہ گاہکوں کے پیروں کے بیچ سے بھاگتے دوڑتے نظر آنے لگے۔ ایک دفعہ جب ایک خاتون گاہک کی سینڈل کے اوپر سے ایک چوہا کود کر گزرا تو وہ چیخ مار کر دکان سے باہر بھاگیں۔ میں صحیح سے سن تو نہ سکا لیکن وہ ہیلتھ انسپکٹر کو بلانے کے بارے میں کچھ کہہ رہی تھیں۔

"ناکارہ بلی! اب سے تمھیں دن میں دو کے بجائے صرف ایک بار کھانا کھانے کو ملے گا۔ شاید تم کچھ کام کاج کرنے کے قابل ہو جاؤ۔" میک غصے سے چلایا۔

فیٹی نے اداس نظروں سے میری طرف دیکھا۔ وہ سوکھ کے کانٹا ہو گئی تھی۔ میں نے افسوس سے اسے دیکھا لیکن میں اس کے لیے کچھ بھی نہیں کر سکتا تھا۔ میک اس کا مالک تھا۔ وہ جتنی دبلی ہوتی گئی، اتنی ہی سست پڑتی گئی۔ کوئی چوہا پکڑنے کا تو اب سوال ہی نہ تھا جن کی تعداد دن بدن بڑھتی چلی جا رہی تھی۔۔۔۔ پھر وہ دن بھی آ گیا جب قصبے میں فرائیڈ چکن کی نئی دکان کھل گئی۔ انھوں نے چکن کی قیمت بہت کم رکھی تھی۔

میک نے مجھے پانچ ڈالر کا نوٹ دے کر کہا: "جا کر نئی دکان سے چکن خرید لاؤ۔ میں کھا کر دیکھوں گا کہ وہ کھانے کے قابل ہے یا نہیں۔"

میں نئی دکان سے چکن خرید لایا۔ میک نے ڈبہ کھولا اور چکن کھانا شروع کیا۔ فوراً ہی اس کا چہرہ سرخ ہو گیا۔ آخر کار وہ چلایا: "یہ بہت مزے دار ہے اور میری اسپیشل ترکیب سے بنایا گیا ہے۔ کسی نے میری ترکیب چرا کر ان لوگوں کو دی ہے۔" اُس نے میری طرف مشکوک نظروں سے دیکھا۔

"میری طرف ایسے نہ دیکھیں۔ میں نے انھیں آپ کی خفیہ ترکیب نہیں بتائی ہے۔ میں آپ کو نقصان نہیں پہنچانا چاہتا کیوں کہ اگر آپ کا کاروبار بند ہو گا تو میری ملازمت بھی چلی جائے گی۔" میں نے جلدی سے اپنی صفائی پیش کی۔

"تم نے صحیح کہا۔" میک کی آواز دھیمی پڑ گئی۔ وہ الماری کی طرف گیا اور اسے کھول کر سیاہ کتاب باہر نکالی۔ کتاب کو کھولتے ہی وہ چلایا: "یہ دیکھو! اسپیشل ترکیب والا صفحہ پھٹا ہوا ہے۔ میرا شک درست تھا۔" اس نے فیٹی کی طرف انگلی اٹھائی: "یہ تم ہو جس نے میری خاص ترا کیب چرا کر اُن کو دی ہے۔"

فیٹی ایک کونے میں دُبک گئی۔ وہ اپنے مالک کے چیخنے چلانے سے خوف زدہ ہو گئی تھی۔

"جناب! بھلا بلی کو پڑھنا کب آتا ہے؟ اسے کیا معلوم کہ کتاب میں سے کون سا صفحہ پھاڑنا ہے؟" میں نے ہمت کر کے فیٹی کی حمایت کی۔

"اگر یقین نہیں آتا تو لو! خود دیکھ لو۔" اس نے غصے سے کتاب میری طرف بڑھائی۔ کتاب کے پہلے صفحے پر بلی کے گندے پنجوں کے نشانات تھے۔

"جناب! اس سے یہ چور کیسے ثابت ہوئی۔۔۔؟ ہو سکتا ہے یہ کبھی اس کتاب پر چڑھ کر بیٹھ گئی ہو لیکن یہ کتاب تو نہیں پڑھ سکتی۔" میں نے پھر اپنی بات دہرائی۔

"جو بھی ہو! یہ کتاب اسی نے پڑھی ہے اور اس کا خاص صفحہ پھاڑ کر میرے حریف کو بھی اسی نے دیا ہے۔ یہ مجھ سے بدلہ لینا چاہتی ہے کیوں کہ میں نے اس کا کھانا پینا جو بند کر رکھا ہے۔ احسان فراموش بلی!" وہ کچھ سننے کو راضی نہ تھا۔ میں حیران و پریشان اپنی جگہ کھڑا تھا۔

"فیبٹی کو اب جانا ہو گا۔ میں اسے مزید ایک منٹ بھی برداشت نہیں کر سکتا۔" اُس نے اپنی جیب سے کچھ پیسے نکال کر میرے ہاتھ پر رکھے اور کہا: "اسے ڈاکٹر کے پاس لے جاؤ اور اس کا قصہ ہمیشہ کے لیے ختم کر دو۔"

"جی کیا کہا؟" مجھے اپنے کانوں پر یقین نہیں آ رہا تھا۔

"لیکن یہ بے قصور ہے۔ بلیلاں کتابیں نہیں پڑھ سکتیں۔ ایسا مت کریں۔" میں نے فیبٹی کو اپنی گود میں اُٹھا لیا۔

"اگر یہ کتاب نہیں بھی پڑھ سکتی پھر بھی! یہ چوہے بھی تو نہیں پکڑ سکتی۔ یہ بالکل بے کار ہے۔ اب جاؤ ورنہ میں تمھیں بھی ملازمت سے فارغ کر دوں گا۔" میک کا غصہ اترنے کا نام ہی نہیں لے رہا تھا۔

میں بوجھل قدموں سے فیبٹی کو اپنے بازوؤں میں لیے باہر نکلا۔ میں کسی قیمت پر بے گناہ بلی کو موت کے حوالے نہیں کر سکتا تھا، اس لیے اسے کہیں چھپانے کے لیے جگہ تلاش کرنے لگا۔ چکن شاپ کے پچھلی طرف ایک خالی پلاٹ تھا۔ جس کے

ایک سرے پر چھوٹا سا اسٹور روم بنا ہوا تھا۔ ایک بوڑھی عورت اس جگہ کی مالک تھی لیکن یہ اسٹور روم عرصے سے کسی کے بھی استعمال میں نہیں تھا اور یہ بات میں جانتا تھا۔ میں احاطے کا جنگلہ کود کر اندر چلا گیا اور فیٹی کو کباڑ خانے میں چھپا دیا۔

"خدا کے لیے اب میاؤں میاؤں کرنا نہیں شروع کرو۔ میں روزانہ رات میں تمھیں کھانا لا کر دے دیا کروں گا۔" میں نے فیٹی کو پیار کرتے ہوئے کہا۔ پھر میں باہر نکل کر میک کے پاس واپس پہنچا۔ میک نے مجھ سے فیٹی کے بارے میں کوئی سوال نہیں کیا۔ وہ سارا دن خاموش رہا۔ مجھے لگ رہا تھا کہ وہ اپنے فیصلے پر پشیمان ہے۔ میں بھی خاموش رہا۔

ہر روز رات کو میں چپکے سے کوٹھڑی میں جاتا اور فیٹی کو دودھ اور چکن کے ٹکڑے دیتا۔ وہ دن بدن صحت مند ہوتی جا رہی تھی۔ البتہ میجر میک کی دکان کے حالات روز بروز بگڑتے جا رہے تھے۔ چوہوں کی تعداد میں مستقل اضافہ ہو رہا تھا اور اب اُنھیں لوگوں کی نظروں سے چھپانا مشکل ہو گیا تھا۔ میک نہیں چاہتا تھا کہ گاہک چوہے دیکھیں لیکن چوہے ہر جگہ موجود تھے۔ رات کو وہ فرش پر دوڑتے پھرتے تھے۔ ہم جھاڑوؤں سے ان کو بھگاتے لیکن وہ ہم سے بھی نہیں ڈرتے تھے۔ سیکڑوں طرح کے چوہے دان رکھنے کے باوجود بھی کوئی چوہا پکڑائی میں نہ آتا تھا۔

"میں یہ دکان بند کروا دوں گا۔" ایک دن ایک گاہک چلاتا ہوا آیا۔ اس کے پارسل کے اوپر چوہوں کے پنجوں کے نشان تھے۔ جسے دیکھ کر وہاں موجود سارے گاہک کانوں کو ہاتھ لگاتے بھاگ کھڑے ہوئے۔ جلد ہی ایک ہیلتھ انسپکٹر دکان پر آ گیا۔ اس نے ایک نظر دکان میں دوڑتے چوہوں پر ڈالی اور پھر بولا: "میں یہ دکان

بند کر رہا ہوں۔ تم لوگ چوہوں بھری اس دکان میں کھانا نہیں بیچ سکتے۔" اس نے دکان کی کھڑکی پر نوٹس لگا دیا: "طاعون کی وبا کے باعث یہ دکان بند کی جا رہی ہے۔"

میک نے اپنا سر دونوں ہاتھوں میں تھامتے ہوئے کہا: "میں تباہ ہو گیا۔۔۔. برباد ہو گیا۔ ہمیں ان چوہوں سے نجات حاصل کرنی ہو گی ورنہ ہم کہیں کے نہیں رہیں گے۔" اس نے اسٹور کا دروازہ کھولا جہاں وہ مرغیاں اسٹور کرتا تھا۔ اندر سے تقریباً دس لاکھ چوہے ایک سمندر کی صورت میں باہر نکلے۔ یہ سمندر میک کے سر کے برابر تھا۔ ہم دونوں چیختے چلاتے بھاگے۔ چوہے ہر جگہ دوڑ رہے تھے۔ کسی نہ کسی طرح میک نے دکان کا دروازہ کھولا اور ہم گرتے پڑتے باہر نکلے۔ ہمارے کپڑوں میں بھی چوہے گھس چکے تھے۔ ہم نے جھٹک جھٹک کر ان سے نجات حاصل کی۔

دکان کے باہر ابھی ہم لمبے لمبے سانس ہی لے رہے تھے کہ ایک جانب سے میاؤں کی آواز آئی۔

"یہ کیسی آواز تھی؟" میک کے کان کھڑے ہو گئے۔

"فیٹی کی؟" میں نے جواب دیا۔

"یہ کیسے ہو سکتا ہے؟ وہ تو مر چکی ہے۔" میک نے مجھے غصیلی نظروں سے گھورا۔

"نہیں! میں یہ کام نہیں کر سکا تھا۔ میں نے اس دن اسے اس دکان کے پیچھے کوٹھڑی میں چھپا دیا تھا اور جب سے وہ یہیں رہ رہی ہے۔" میں نے کہا اور دکان کے اندر چوہوں کے سمندر پر ایک نظر ڈالی۔

"آج یہاں اتنے چوہے ہیں کہ فیٹی بھی بغیر کوشش کے انھیں پکڑ سکتی ہے۔

میں اسے لے کر آتا ہوں۔" میں جنگلے کے اندر کود گیا اور فیٹی کو لے آیا۔ "جاؤ۔۔۔ فیٹی! دیکھیں! آج تم کیا کر سکتی ہو۔" میں نے اسے دکان کے اندر دھکیل دیا۔ فیٹی دُم کھڑی کر کے چکن شاپ میں داخل ہوئی۔ چوہوں کو دیکھ کر وہ غُرّائی۔ اس کی غراہٹ سن کر چوہے جیسے خوف سے جم گئے ہوں۔ وہ دیواروں اور الماریوں سے نیچے اتر آئے اور اس کے آگے آگے چلنے لگے۔ وہ چوہوں کو ہنکا کر دکان سے باہر لے آئی۔ اب چوہوں کا سمندر سڑک پر چلا جارہا تھا اور فیٹی ان کے پیچھے ایک ماہر گڈریے کی طرح چل رہی تھی۔ یہ منظر دیکھ کر ہمارے منھ کھلے کے کھلے رہ گئے۔ سڑکوں پر گاڑیاں رُک گئیں۔ لوگوں نے دکانوں میں بھاگ کر پناہ لی اور دروازے بند کر لیے۔ یہ سب کچھ ناقابل یقین تھا۔ فیٹی جس مہارت سے چوہوں کے ریوڑ کو ہنکار رہی تھی، اس سے مجھے بار بار گڈریے کے کتے کا خیال آرہا تھا۔ وہ بھی ریوڑ کے جانوروں کو اِدھر اُدھر نہیں ہونے دیتے۔ ہم مناسب فاصلہ رکھ کر فیٹی کے پیچھے چل رہے تھے۔ ہمارے علاوہ اور بھی بے شمار لوگ ہمارے ساتھ تھے۔ فیٹی اب اس ریوڑ کو لے کر سمندر کی طرف جارہی تھی۔ چوہے چیخے اور چلائے مگر کوئی راہِ فرار نہ تھی۔ پیچھے فیٹی، آگے سمندر! ایک ایک کر کے وہ سب سمندر میں گر گئے۔ چوہوں کا خاتمہ ہو چکا تھا۔ فیٹی نے اکیلے ہی لاکھوں چوہوں کو سمندر بُرد کر دیا تھا۔

"میری فیٹی! ذہین بلی!" میک خوشی سے چلایا۔

اس نے آگے بڑھ کر فیٹی کو اپنے کندھوں پر بٹھالیا۔ اب تک سارا قصبہ یہاں جمع ہو چکا تھا۔ سب تالیاں بجارہے تھے۔ اگر چوہوں کو فیٹی نے سمندر میں نہ پھینکا

ہوتا تو وہ جلد ہی دکان سے نکل کر پورے قصبے پر چھا جاتے۔ پورا قصبہ فیٹی کا شکر گزار تھا۔ ایک اخباری فوٹو گرافر نے اس کی بہت سی تصاویر بھی لیں۔ کافی دیر بعد ہم اپنی دکان میں واپس لوٹے۔ دکان کی صفائی کے بعد میک نے کہا: "آج کے دن فیٹی بہترین کھانے کی مستحق ہے۔ اس کا پیالہ کہاں ہے؟"

"وہ تو وہیں کوٹھڑی میں رہ گیا۔" میں نے جواب دیا۔

ہم دونوں جنگلہ پھلانگ کر اس کوٹھڑی میں داخل ہوئے جہاں فیٹی اتنے دنوں سے بند تھی۔ میک نے فیٹی کا پیالہ اُٹھایا اور کوٹھڑی کا جائزہ لیا۔

"ارے یہ کیا ہے؟" اُس نے کہا اور جھک کر اپنی پرانی سی کتاب اُٹھالی۔ کتاب کے اوپر بلی کے پنجوں کے واضح نشانات تھے۔

"حیرت ہے، میں نے کبھی غور نہیں کیا کہ یہ کتاب یہاں کب سے پڑی ہے۔ ضرور یہ اِن بوڑھی خاتون کی کتاب ہے جن کی یہ جگہ ہے۔"

"کتاب کا نام کیا ہے؟" میں نے پوچھا۔

"گڈریا کے کتے کی تربیت کے رہ نما اصول۔" میک نے باآواز بلند کتاب کا نام پڑھا۔

***

۳

ستارہ

مصنف: H G Wells

ترجمہ: گل رعنا

یہ نئے سال کے پہلے دن کی بات تھی، جب دنیا کی تین رصد گاہوں سے بیک وقت یہ اعلان کیا گیا کہ سیارہ نیپچون کی حرکت غیر معمولی طور پر سست ہو گئی ہے۔ یہ خبر دنیا کی اس اکثریت کے لیے بالکل غیر اہم تھی جو نیپچون کی موجودگی سے ہی بے خبر تھے۔ نہ ہی اس خبر سے لوگوں کی صحت پر کوئی اثر پڑا کہ متاثرہ سیارے کے قریب ایک دھندلی روشنی دکھائی دینے لگی ہے لیکن سائنس دانوں کے لیے یہ روشنی توجہ کا باعث بن گئی۔ رفتہ رفتہ یہ روشنی تیز ہوتی گئی اور ایک باقاعدہ شکل اختیار کر گئی۔ یہ ایک بہت بڑا، بھاری ستارہ تھا جو اچانک ہی سورج کے گرد تیز رفتاری سے گھومتا ہوا نظر آنے لگا تھا۔ سال کے تیسرے دن اخبارات میں لوگوں نے یہ خبر پڑھی کہ نئے ستارے کا نیپچون کے ساتھ ٹکراؤ کا خطرہ بڑھتا جا رہا ہے۔ کیوں کہ یہ ستارہ نیپچون کے مدار میں ہی گردش کر رہا ہے۔ اس رات دنیا کے بہت

سے لوگوں نے آسمان پر ستاروں کو معمول کے مطابق چمکتے دیکھا لیکن کوئی عجیب بات محسوس نہیں کی لیکن صبح ہونے سے دو گھنٹے قبل لندن میں لوگوں نے وہ انوکھا منظر دیکھا۔

آسمان کی مغربی سمت میں ایک بڑا سفید ستارہ نظر آرہا تھا۔ ایک چھوٹی سی روشن گول تھالی کی طرح وہ آسمان پر موجود تھا۔ شہر کی جن پس ماندہ آبادیوں میں سائنس کا گزر نہیں تھا، وہاں لوگ اس ستارے سے خوف کھا رہے تھے اور ایک دوسرے کو بتا رہے تھے کہ جب آسمان میں آگ کے ایسے گولے نظر آئیں تو زمین پر تباہی و بربادی ضرور آتی ہے۔

اس رات دنیا کی سو سے زیادہ رصد گاہوں میں سائنس دانوں نے ان دو خلائی اجسام کو تیزی سے ایک دوسرے کی طرف بڑھتے دیکھا اور دنیا کی تباہی دیکھ کر چلاّئے بغیر نہ رہ سکے۔ کیوں کہ نیپچون ایک دنیا ہی تو تھا، ہماری زمین کا ایک دوست سیارہ، ہمارے نظام شمسی کا ایک حصہ جو اچانک ہی ایک جلتی ہوئی موت کا شکار ہو گیا۔

جی ہاں! نیا ستارہ نیپچون سے ٹکرا گیا تھا۔ رصد گاہوں میں دو بھاری بھر کم اجسام ایک ہوتے نظر آئے اور جب اگلی رات وہ یورپ کے آسمان پر نظر آیا تو لوگوں کے ٹھٹھ کے ٹھٹھ اسے دیکھنے کے لیے گھر کی چھتوں، پہاڑیوں اور میدانوں میں جمع ہو گئے۔

"یہ کل سے زیادہ چمک دار لگ رہا ہے۔" وہ تبصرے کر رہے تھے لیکن رصد گاہوں میں سائنس دانوں نے اپنی سانس روک لی تھی۔ وہ خوف زدہ نظروں سے

ایک دوسرے کی طرف دیکھ رہے تھے۔ "یہ اب زمین سے قریب آرہا ہے، بہت قریب۔۔۔!" وہ تقریباً سرگوشی میں ایک دوسرے سے کہہ رہے تھے۔

اور پھر یہ الفاظ دنیا کے تمام اخبارات میں شہ سرخی بن کر شائع ہوئے۔ "وہ زمین سے قریب آرہا ہے۔" دنیا کا ہر شخص دوسرے کو یہی بتا رہا تھا۔ ستارہ روز بروز پہلے سے زیادہ روشن اور چمک دار ہوتا چلا جارہا تھا۔ لوگ حیرت زدہ بھی تھے اور خوف زدہ بھی رہنے لگے تھے۔ دنیا کے تمام مذہبی رہنماؤں نے لوگوں کو اپنی جانب متوجہ کرنا شروع کر دیا تھا۔ "اے لوگو! اب سونے کا وقت نہیں ہے۔ گناہ کرنے کا وقت نہیں ہے۔ آؤ اور اپنے رب سے اپنے گناہوں کی معافی مانگو۔ اس سے اس کی رحمت طلب کرو۔" روزانہ جب صبح سے دو گھنٹے قبل وہ ستارہ مغرب سے نمودار ہوتا تو پوری دنیا تیز گرم روشنی میں نہا جاتی اور چاند اس کے آگے بے نور معلوم ہونے لگتا۔

دنیا کے عظیم ریاضی دان نے پہلے ہی پوری دنیا کو نئے خطرات سے آگاہ کر دیا تھا۔ نیا ستارہ جو نیپچون کو اپنے اندر ضم کر چکا تھا، تیزی سے گھومتا ہوا سورج سے قریب ہوتا جارہا تھا، جب کہ سورج سے قریب نظامِ شمسی کا سب سے طاقتور سیارہ 'جوپیٹر' اپنے چاندوں سمیت گردش کر رہا تھا۔ ہر لمحے جوپیٹر اور نئے ستارے کے درمیان کشش بڑھتی جارہی تھی اور اس کشش کا نتیجہ کیا ہوتا؟۔۔۔ ناگزیر تھا کہ جوپیٹر اپنے مدار سے باہر نکل جاتا اور تیز رفتار نیا ستارہ، سورج کی جانب اپنے سفر میں اگر زمین سے نہ بھی ٹکرائے تو بھی اس کے قریب سے ضرور گزرے گا۔ جس کا نتیجہ زلزلوں، سیلاب اور درجہ حرارت بڑھنے کی صورت میں نکل سکتا تھا۔

اس رات موسم واقعی کچھ تبدیل ہو گیا۔ وسطی یورپ اور فرانس میں جمی ہوئی برف نرم پڑ کر پگھلنے لگی تھی۔ جس کی وجہ سے سردی میں اضافہ ہو گیا لیکن دن گزرنے کے ساتھ لوگوں کا خوف کم ہوتا چلا گیا۔ پیرس کی ٹھنڈی سڑک پر سردی سے کپکپاتے ہوئے ایک فقیر نے آسمان کی طرف دیکھ کے کہا: "اچھا ہے یہ ستارہ زمین سے قریب آجائے، ہم غریبوں کو کچھ گرمی تو ملے گی۔ خیرات دینے والوں کا دل تو موسم کی طرح سرد ہو گیا ہے۔"

لندن کے ایک نواب زادے کی شادی کی تقریب میں اردگرد جمع خوشامدیوں نے آسمان کی طرف اشارہ کرتے ہوئے کہا: "دیکھیے حضور! آپ کی اس خوشی میں آج آسمان بھی پہلے سے زیادہ روشن ہو گیا ہے۔" خود کو عقلِ کُل سمجھنے والے سائنس کے طالب علموں نے کہا: "یہ محض گرم گیسوں کا ایک گولہ (کامٹ) ہے جو اپنے مدار پر گھوم رہا ہے۔ بھلا اس سے زمین کو کیا نقصان پہنچ سکتا ہے!" ریاضی دان کے مطابق اس رات نو بجے ستارے کو جوپیٹر سے قریب ترین پہنچ جانا تھا۔ ستارہ حسب معمول سورج نکلنے سے دو گھنٹہ قبل آسمان پر نظر آیا لیکن اس کی روشنی اور جسامت اتنی ہی تھی جتنی ایک روز قبل دیکھی گئی تھی۔ اگر کوئی خطرہ تھا تو وہ ٹل چکا تھا۔ لوگ اپنے خوف پر ہنس رہے تھے اور اپنے کاموں میں مشغول ہو گئے تھے۔

لیکن جلد ہی ان کی ہنسی کا گلا گُھٹ گیا۔ ستارہ ہر لمحے پہلے سے زیادہ بڑا ہوتا جا رہا تھا۔ اس کی تیز سفید نابینا کر دینے والی روشنی بے حد گرم تھی۔ اگلی رات وہ امریکا میں چاند کی جسامت کے برابر نظر آیا۔ تیز گرم ہواؤں کے جھکڑ چلنے سے پہاڑوں پر جمی برف پگھل رہی تھی۔ برازیل اور ورجینیا میں وہ وقفے وقفے سے چمک رہا تھا۔

رات میں دن کا ساسماں تھا اور پھر بادلوں نے آسمان کو ڈھانپ لیا۔ تیز طوفانی ہواؤں کے ساتھ بجلی کی چمک اور بادلوں کی گرج کانوں کے پردے پھاڑ رہی تھی۔ کلیشیئر پگھل رہے تھے اور دریاؤں کا پانی کناروں سے باہر نکل آیا تھا۔ سیلابی ریلے میں درخت، انسانوں اور جانوروں کے جسم تیر رہے تھے۔

ارجنٹینا اور جنوبی اٹلانٹک کے ساحلوں پر انسانی تاریخ کا بلند ترین جوار بھاٹہ دیکھا گیا۔ طوفانوں نے ان پانیوں کو دھکیل کر پورے پورے شہر ڈبو ڈالے تھے۔ رات کو گرمی اس قدر بڑھ گئی تھی، جیسے سورج سوانیزے پر آگیا ہو اور پھر زلزلوں نے زمین کو ہلانا شروع کر دیا۔ عالی شان عمارات مٹی کے گھروندوں کی طرح زمیں بوس ہونا شروع ہو گئیں۔ آتش فشاں پہاڑوں نے لاوا اُگلنا شروع کر دیا تھا۔ اب ستارے نے بحر اوقیانوس کی طرف سفر شروع کر دیا تھا۔ اس کے پیچھے پیچھے آندھیوں اور طوفانوں کی ایک قطار بندھ گئی۔ وہ جہاں سے گزرتا، آتش فشاں پہاڑ لاوا اُگل کر اس کا استقبال کرتے۔ سیلاب راستے میں آنے والے ہر جزیرے پر بسنے والے نفوس کا خاتمہ کرتے چلے جارہے تھے اور پھر پانی کی ایک پچاس فٹ اونچی دیوار ایشیا کے طویل ساحلوں سے ٹکراتی ہوئی چین کے میدانی علاقوں میں داخل ہوگئی۔ سورج سے زیادہ گرم اور روشن یہ ستارہ اب نہایت بے رحمی سے اس کثیر الآباد ملک کے شہروں اور دیہاتوں پر چمک رہا تھا۔ کروڑوں بے یار و مددگار خوف زدہ لوگوں نے سیلاب کو اپنی طرف آتے دیکھا جو نہایت تیزی سے اُنھیں اپنے ساتھ بہا کر لے گیا۔ چین میں یہ ستارہ سفید نظر آرہا تھا لیکن جاوا، جاپان اور مشرقی ایشیا کے دیگر جزائر تک پہنچتے پہنچتے وہ ایک سرخ آگ کا گولہ دکھائی دینے لگا۔ اس

کی وجہ آتش فشاں پہاڑوں سے نکلنے والا دھواں، لاوا اور گرم گیسیں تھیں۔ پوری دنیا زلزلے کے جھٹکوں سے لرز رہی تھی۔ جلد ہی تبت اور ہمالیہ کی صدیوں سے جمی ہوئی برف پگھلنے لگی۔ برما اور ہندوستان کے میدانی علاقے مکمل طور پر سیلاب میں ڈوب گئے، ہندوستان کے جنگلات میں آگ لگ چکی تھی۔ لوگ پانی اور آگ جیسے طاقتور دشمنوں کا مقابلہ کرتے کرتے زندگی کی جنگ مسلسل ہار رہے تھے، بہت سے لوگوں نے آگ سے بچنے کے لیے سمندر میں چھلانگ لگادی۔

اس افراتفری میں اگلا دن بھی آگیا لیکن آج ستارہ آسمان پر کہیں نظر نہیں آیا۔ بچے کچھے لوگوں نے اپنی نظریں آسمان پر جمائی ہوئی تھیں۔ آخرکار دس گھنٹے کی تاخیر سے ستارہ دوبارہ آسمان پر نظر آیا۔ جب وہ ہندستان کے قریب پہنچا تو اس کے اوپر ایک پردہ سا آگیا۔ دریائے گنگا سے لے کر دریائے سندھ تک تمام قلعے، محل اور دیگر عمارات پانی میں ڈوب چکی تھیں۔ لوگوں نے پہاڑیوں کے اوپر پناہ لی ہوئی تھی لیکن شدید گرمی، بھوک اور خوف سے بہت سے لوگ نیچے پانیوں میں گر کر اپنی جان سے ہاتھ دھو رہے تھے اور پھر اچانک ٹھنڈی ہوائیں چلنے لگیں۔ آسمان پر بادل آگئے اور لوگوں نے دیکھا کہ چاند ایک سیاہ پلیٹ کی طرح ستارے کے نیچے سے رینگتا ہوا نمودار ہو رہا ہے۔ اس کے ساتھ ہی مشرق سے سورج نکلتا ہوا نظر آیا اور پھر ستارہ، سورج اور چاند ایک ساتھ آسمان میں سفر کرنے لگے۔

یورپ میں آسمان کا مشاہدہ کرنے والوں نے دیکھا کہ ستارہ اور سورج ایک دوسرے کے بہت قریب آگئے ہیں اور پھر ایک دوسرے میں ضم ہوتے محسوس ہوئے۔ چاند اس تیز روشنی میں نظر آنا بند ہو گیا۔ اگرچہ زندہ رہ جانے والے لوگ

بھوک، پیاس، گرمی اور خوف سے نڈھال ہو چکے تھے لیکن ابھی بھی ان میں ایسے لوگ موجود تھے، جو ان نشانیوں کا مطلب سمجھ گئے تھے۔ زمین اور ستارہ ایک دوسرے کے قریب ترین مقام سے گزر چکے تھے اور اب وہ ستارہ سورج میں ضم ہو چکا تھا۔ سیاہ بادلوں نے آسمان کے تمام مناظر دکھانے بند کر دیے۔ پوری دنیا میں گرج چمک کے ساتھ بارشیں شروع ہو گئیں۔ کئی دنوں تک جاری رہنے کے بعد بالآخر یہ بارشیں تھم گئیں۔ سیلاب اپنے ساتھ درخت، جانور اور انسان بہالے گیا۔ زمین خشک ہونا شروع ہو گئی۔ زندہ رہ جانے والے خوش نصیب اپنے برباد شہروں میں لوٹ آئے۔ اس کے کئی مہینے کے بعد تک زلزلے آتے رہے لیکن اب ستارہ جاچکا تھا۔ لوگوں نے محسوس کیا کہ اب دن پہلے سے زیادہ گرم ہونے لگے ہیں۔ سورج پہلے سے کہیں بڑا اور چاند اپنے اصل حجم سے تین گنا سکڑ گیا ہے لیکن اس عظیم سانحے کے بعد انسانوں میں جو بھائی چارہ اور اخوت پیدا ہوئی وہ مثالی تھی۔ سب انسان ایک خاندان کی طرح مل جل کر اپنی آبادکاری کا کام کر رہے تھے اور ایک دوسرے کا سہارا بن رہے تھے۔

مریخی ماہرِ فلکیات ان تمام تبدیلیوں میں بے حد دلچسپی لے رہے تھے۔ وہ ان واقعات کو اپنے نکتہ نظر سے دیکھ رہے تھے۔

"اس میزائل کا حجم اور درجہ

ِ حرارت دیکھتے ہوئے جو ہم نے سورج پر پھینکا تھا، یہ بات انتہائی حیران کن ہے کہ

سیارہ زمین کو کتنا کم نقصان پہنچا حالاں کہ یہ میزائل زمین کے بالکل قریب سے گزرا تھا۔" ایک ماہر فلکیات نے اپنے تحقیقی مقالے میں لکھا۔ "تمام جانے پہچانے جغرافیائی نشانات اور سمندر جوں کے توں نظر آرہے ہیں۔ جو واحد فرق نظر آیا ہے۔ وہ یہ ہے کہ شمالی اور جنوبی قطب پر موجود سفید رنگ پہلے سے کچھ ہلکا ہو گیا ہے۔" (یہ شمالی اور جنوبی قطب میں جمی ہوئی برف تھی جو اب پگھل چکی تھی) مریخی ماہر فلکیات کی یہ تحریر پڑھ کر اندازہ ہوتا ہے کہ انسانی تاریخ کی بڑی سے بڑی تباہی بھی کس قدر معمولی نظر آتی ہے۔ اگر دیکھنے والا چند سو ملین میل دور بیٹھ کر مشاہدہ کر رہا ہو۔

***

۴

ذہانت کی آئس کریم

مصنف: Paul Jennings

ترجمہ: گل رعنا

میں ایک دفعہ پھر کلاس میں اول آیا ہوں۔ اس دفعہ میں نے سو میں سے سو نمبر حساب میں اور سو میں سے سو نمبر انگریزی اور اردو میں حاصل کئے ہیں۔ میں اپنی کلاس کا سب سے ذہین طالب علم ہوں۔ جماعت کا کوئی اور بچہ میرے قریب نہیں پہنچ سکتا۔

میں بچپن سے ہی بے حد ذہین تھا۔ جس روز میں ایک ماہ کا ہوا، اُس دن کا ذکر ہے کہ میری امی مجھے کھلاتے ہوئے گدگدی کر رہی تھیں۔ "یہ گدگدی بند کریں امی!" میں نے تنگ آکر کہا اور وہ بستر سے گرتے گرتے بچیں۔ میں اپنی عمر سے بہت آگے تھا۔ جب میں نے صحیح ہجے کا انعام جیتا تو میری عمر صرف تین برس تھی۔ میں ایک انتہائی قیامت کا صحیح ہجے کرنے والا ہوں۔ کوئی بھی مجھے ہجے میں پیچھے نہیں چھوڑ سکتا۔

یہ حقیقت ہے کہ کچھ بچے مجھے پسند نہیں کرتے۔ وہ کہتے ہیں کہ میں مغرور ہوں۔ مگر میں ان کی کوئی پروا نہیں کرتا۔ وہ سب جلتے ہیں، کیونکہ وہ مجھ جیسے ذہین نہیں ہیں۔ پھر جلنے کی ایک وجہ یہ بھی ہے کہ میں خوبصورت بھی بہت ہوں۔

پچھلے ہفتے ایک بُرا واقعہ ہوا۔ ایک اور بچے نے بھی حساب میں سو میں سے سو نمبر حاصل کر لئے۔ یہ اس سے پہلے کبھی نہیں ہوا تھا۔ کسی نے بھی آج تک اتنا اچھا کام نہیں کیا تھا جتنا میں کرتا ہوں۔ میں ہمیشہ اکیلا اول ہوتا ہوں، لیکن اس دفعہ جیری نے مجھے شکست دے دی۔ مجھے پکا یقین تھا کہ اُس نے یقیناً کوئی دھوکے بازی کی ہے اور اس دھوکے بازی کا کچھ نہ کچھ تعلق آئس کریم سے ضرور ہے۔ میں نے حقیقت کا پتہ لگانے کا فیصلہ کر لیا۔ میں کسی کو اپنے برابر آتا ہوا نہیں دیکھ سکتا۔

یہ سارا قصہ آئس کریم بیچنے والے سے شروع ہوا۔ اُس کا نام مسٹر پیپی تھا۔ اُس بے وقوف شخص کے پاس آئس کریم کی ایک وین تھی جسے وہ اسکول کے باہر کھڑا کرتا تھا۔ وہ مختلف قسم کی آئس کریم بیچتا تھا۔ اُس کے پاس ہر جانے پہچانے فلیور کی آئس کریم تھی، لیکن کچھ فلیور ایسے بھی تھے جن کا کسی نے نام تک نہیں سُنا تھا۔

وہ مجھے کچھ زیادہ پسند نہیں کرتا تھا۔ ایک دفعہ اُس نے مجھ سے کہا:

"قطار کے پیچھے واپس جاؤ۔ تم دھکا دے کر آگے آئے ہو"۔

"تم اپنے کام سے کام رکھو!" میں نے کہا "اور سیدھی طرح آئس کریم دو!"

"نہیں!" اُس نے کہا۔ "میں تمہیں اس وقت تک آئس کریم نہیں دوں گا جب تک تم قطار کے پیچھے نہیں جاتے"۔

میں وین کے پیچھے گھوم کر گیا اور ایک کیل سے اُس کی پرانی سڑی ہوئی وین پر

ایک لمبی خراش ڈال دی۔ اُس نے وین پر تازہ تازہ رنگ کرایا تھا۔پیپی آیا اور ایک نظر وین پر ڈالی۔ اُس کی آنکھوں میں آنسو آ گئے۔ "تم ایک بُرے لڑکے ہو!" اُس نے کہا۔ "ایک دن تم مصیبت میں گرفتار ہو جاؤ گے۔ تم خود کو بہت ذہین سمجھتے ہو۔ ایک دن یہی ذہانت تم کو لے ڈوبے گی"۔

میں اس بات پر خوب ہنسا اور آگے چل پڑا۔ میں جانتا تھا کہ وہ میرا کچھ نہیں بگاڑ سکتا۔ وہ بہت نرم دل تھا اور ہمیشہ اُن بچوں کو مُفت آئسکریم دیتا تھا جن کے پاس پیسے نہ ہوں۔بے وقوف کہیں کا!!!

اس آئس کریم کے متعلق بہت سی کہانیاں گردش کرتی رہتی تھیں۔ کچھ لوگ کہتے تھے کہ جب آپ خود کو بیمار محسوس کر رہے ہوں تو یہ آئس کریم آپ کو ٹھیک کر دیتی ہے۔ اساتذہ میں سے بعض اسے "خوشی کی آئس کریم" کہتے تھے۔ مگر مجھے اس بات پر یقین نہیں تھا۔ اس کو کھانے سے مجھے کبھی کوئی خوشی حاصل نہیں ہوئی۔ لیکن اس آئس کریم میں کوئی نہ کوئی عجیب بات تھی ضرور۔ اب پمپلز پیٹرسن کی مثال لیجئے۔ یہ اُس کا اصلی نام نہیں ہے۔ میں اُسے اِس نام سے اس لئے پکارتا ہوں، کیونکہ اس کے منہ پر بہت سے پمپلز یعنی کیل مہاسے تھے۔ بہرحال، پیپی نے مجھے پیٹرسن کو پمپلز پکارتے ہوئے سُن لیا۔

"تم واقعی ایک بدتمیز لڑکے ہو!" اُس نے کہا۔ "تم ہمیشہ دوسروں کو تکلیف پہنچاتے ہو۔ صرف اس لئے کہ وہ تمہیں پسند نہیں کرتے"۔

"دفعہ ہو جاؤ پیپی!" میں نے کہا۔ "جاؤ، اپنی آئس کریم کہیں اور جا کر بیچو"۔

پیپی نے مجھے کوئی جواب نہیں دیا۔ اس کے بجائے وہ پمپلز سے مخاطب ہوا۔

"یہ کھاؤ!" اُس نے پیٹرسن کو ایک آئس کریم دیتے ہوئے کہا۔ میں نے اپنی زندگی میں پہلی دفعہ اتنی بڑی آئس کریم دیکھی تھی۔ یہ جامنی رنگ کی تھی۔ پیٹرسن آئس کریم لیتے ہوئے جھجھک رہا تھا۔ اس کے پاس اتنی بڑی آئس کریم خریدنے کے لئے پیسے نہیں تھے۔

"اسے کھالو۔ میں اسے تمہیں بالکل مفت دے رہا ہوں! اس کے کھانے سے تمہارے کیل مہاسے ٹھیک ہو جائیں گے"۔

میں یہ سُن کر خوب ہنسا۔ آئس کریم کیل مہاسوں سے نجات نہیں دلا سکتی۔ اس سے آپ کے کیل مہاسوں میں اضافہ ضرور ہو سکتا ہے۔ تاہم جب اگلے روز پیٹرسن اسکول آیا تو اُس کے چہرے پر کیل مہاسے نہیں تھے۔ ایک بھی نہیں! میں یقین نہیں کر سکتا، لیکن یہ حقیقت تھی کہ آئس کریم نے اس کے کیل مہاسے ٹھیک کر دیئے تھے۔

اس کے علاوہ بھی کچھ عجیب واقعات پیش آئے۔ ہمارے اسکول میں ایک بچہ ایسا تھا جس کی ناک بہت لمبی تھی۔ وہ جب چھینکتا تھا تو اُسے ایک میل کے فاصلے سے سُنا جا سکتا تھا۔ میں اُسے "چھینکو" کہتا تھا۔ وہ چھینکو کہلوانا پسند نہیں کرتا تھا۔ جب میں اُسے چھینکو کہہ کر پکارتا تو اُس کا چہرہ سُرخ ہو جاتا، لہٰذا میں جب بھی اُسے دیکھتا، یہی کہتا۔ وہ جواباً خاموش رہتا تھا۔ وہ ڈرتا تھا کہ میں اُسے مُکا مار کر گرا دوں گا۔

پپی چھینکو سے بھی ہمدردی رکھتا تھا۔ وہ ہر صبح اُسے ایک چھوٹی سبز آئس کریم مفت کھانے کے لئے دیتا تھا۔ اُس نے مجھے کبھی بھی مفت آئس کریم نہیں دی تھی۔ کنجوس آدمی!

خیر! آپ یقین نہیں کریں گے، مگر میں قسم کھا سکتا ہوں کہ یہ سچ ہے! چھینکو کی ناک رفتہ رفتہ چھوٹی ہوتی چلی گئی۔ ہر روز یہ پہلے سے زیادہ چھوٹی ہو جاتی۔ آخر کار وہ بالکل عام ناک بن گئی۔ جب اس کا سائز درست ہو گیا تو پپی نے اُسے سبز آئس کریم کھلانی بند کر دی۔ میں نے فیصلہ کر لیا کہ اس آئس کریم کے کاروبار کو بند ہو جانا چاہئے۔ جس دن جیری نے حساب میں سو میں سے سو نمبر حاصل کئے تھے اُس روز وہ آئس کریم کھا رہا تھا۔

یہ ضرور آئس کریم ہی تھی جس نے اُسے ذہین بنا دیا تھا۔ میں کسی کو بھی اپنے جیسا ذہین نہیں دیکھنا چاہتا۔ میں اسکول کا ذہین ترین بچہ ہوں اور ہمیشہ رہنا چاہتا ہوں۔ میں نے اس معاملے کی تہہ تک پہنچنے کے لئے آئس کریم کی وین کا معائنہ کرنے کا فیصلہ کر لیا۔

میں جانتا تھا کہ رات کو پپی اپنی وین اپنے گھر کے پیچھے موجود چھوٹی سی گلی میں کھڑی کر دیتا ہے۔ میں نے رات کے گیارہ بجے تک انتظار کیا۔ اس کے بعد میں خاموشی سے اپنے گھر سے نکلا اور پپی کی وین کی طرف روانہ ہوا۔ میرے پاس لوہے کا راڈ، بالٹی بھر ریت، ایک ٹارچ اور کچھ ڈھکن کاٹنے کے اوزار تھے۔ جب میں وین کے پاس پہنچا تو وہاں اردگرد کوئی بھی موجود نہیں تھا۔ میں نے لوہے کی راڈ کی مدد سے وین کا دروازہ کھولا اور اندر ٹارچ کی روشنی پھینکی۔ میں نے اپنی زندگی میں کبھی آئس کریم کے اتنے زیادہ ڈرم نہیں دیکھے تھے۔ وین میں سیب، کیلے، چیری، آم، فالسے اور تربوز کے علاوہ تقریباً پچاس اور فلیورز موجود تھے۔ وین کے آخری سرے پر چار ڈرم تھے جن پر تالا لگا ہوا تھا۔ میں وین کے اندر گیا اور اُن کا جائزہ لیا۔ میرا

اندازہ درست نکلا۔ یہ اُس کے خاص فلیورز تھے۔ ہر ڈرم پر کچھ نہ کچھ لکھا ہوا تھا:

"خوشی کی آئسکریم۔۔۔ لوگوں کو خوش کرنے کے لئے"۔

"ناک ٹھیک کرنے کی آئس کریم۔۔۔ لمبی ناکوں کے لئے"۔

"کیل مہاسوں کی آئس کریم۔۔۔ کیل مہاسے دور کرنے کے لئے"۔

"ذہانت کی آئس کریم۔۔۔ ذہین بننے کے لئے"۔

اب مجھ پر ساری حقیقت کھل چکی تھی۔ جیری نے ضرور ذہانت کی آئس کریم کھائی تھی، اسی لئے اُس کے حساب میں سو میں سے سو نمبر آئے۔ میں پہلے ہی جانتا تھا کہ مجھ سے زیادہ ذہین اور کوئی نہیں ہو سکتا۔ میں نے پپی کو سبق سکھانے کا فیصلہ کرلیا۔ میں نے ڈھکن کاٹنے کی چھری لی اور چاروں ڈھکن کھول دیئے۔ پھر میں نے ریت لے کر وین میں موجود آئس کریم کے تمام ڈرموں میں ڈال دی، سوائے ذہانت کی آئس کریم کے۔ میں نے اس میں ریت نہیں ڈالی!

میں اپنے کارنامے پر خوب ہنسا۔ پپی اب مزید آئس کریم اُس وقت تک نہیں بیچ سکتا جب تک کہ وہ ایک نیا فلیور متعارف نہیں کراتا "ریت کی آئس کریم"۔

اب میں نے ذہانت کی آئس کریم کو دیکھا اور اس میں سے تھوڑی سی کھانے کا فیصلہ کیا۔ اگرچہ مجھے اس کی کوئی ضرورت نہیں تھی۔ میں تو پہلے ہی اتنا ذہین ہوں جتنا آپ جیسے معمولی عقل رکھنے والے لوگ یہ آئس کریم کھا کر ہو سکتے ہیں۔ بہرحال میں نے اُسے آزمانے کا فیصلہ کیا۔ آخر اس میں حرج بھی کیا تھا۔ جب میں نے آئس کریم کھانی شروع کی تو میں رُک نہیں سکا۔ یہ بے حد مزے دار تھی۔ یہاں تک کہ میں نے آئس کریم کا پورا ڈرم خالی کر دیا۔

اُس کے بعد میں وین سے نکل آیا اور گھر آکر بستر پر لیٹ گیا۔ مگر میں ساری رات سو نہیں سکا۔ سچ پوچھیں تو میں اپنی طبیعت کچھ خراب سی محسوس کر رہا تھا۔ لٰہذا میں نے اپنی یہ ساری کہانی لکھنے کا فیصلہ کیا۔ اگرچہ اب مجھے یقین ہوتا جارہا ہے کہ میرا اندازہ غلط تھا۔ جیری ذہانت کی آئس کریم کھانے سے ذہین نہیں ہوا ہوگا!!!

اب یہ اگلا دن ہے۔ مجھے کچھ حور حاے۔ میں اپنے آپ کو بُحت ذادا ظھین مہسوس نحیں کر رحا!! میں اس وقت ایک بُحت مشکل ثوال ہل کرنے کی کوشش کرر حاحوں۔ ثوال یہ ھے کہ ایک اور ایک کیا حوتا ہے۔ مجھے سمجھ میں نحیں آرہا کہ ایک میں ایک جما کر کے کیا جواب آئے گا؟ کیا یہ تین ہوگا یا یہ چار حوگا؟؟؟

***

۵

قاتل بلی کی ڈائری

مصنف: Anne Fine

ترجمہ: گل رعنا

پیر:

اچھا بھئی، مجھے پھانسی دے دو۔ میں اقرار کرتی ہوں کہ میں نے ایک چڑیا ماری ہے۔ حالانکہ تم لوگوں کو مجھ پر رحم کرنا چاہیے۔ آخر میں ایک بلی ہوں اور میرا کام ہی باہر گھوم پھر کر پرندوں کو ڈرانا اور پکڑنا ہے۔ ویسے آپ کے خیال میں مجھے کیا کرنا چاہیے تھا؟ اگر کوئی موٹی تازہ چڑیا درخت سے پھسل کر میرے منہ میں آگرے۔ (منہ سے میرا مطلب ہے میرے پنجوں کے بالکل قریب ہی پڑی تھی، مجھے چوٹ بھی لگ سکتی تھی)

ہاں، ہاں، میں مان تو رہی ہوں کہ میں نے اسے چبالیا۔ اب اتنی سی بات پر ایمی نے رو رو کر برا حال کر لیا اور مجھے اتنی زور سے دبایا کہ میں مرتے، مرتے بچی۔

"اوہ کیٹی تم ایسا کیسے کر سکتی ہو؟" اس نے ٹشو پیپر سے ناک رگڑتے ہوئے

لال آنکھوں سے مجھے دیکھا۔ میں یہ کیسے کر سکتی ہوں؟ عجیب سا سوال تھا۔ ارے بھئی، میں ایک بلی ہوں۔ اب مجھے کیا معلوم تھا کہ میری ایک چھوٹی سی حرکت کی وجہ سے اتنا بڑا طوفان اٹھے گا کہ ایمی کی امی گرم پانی اور ڈسٹر لے کر بھاگیں گی، ایمی کے ابو مجھے لعنت ملامت کرنے لگیں گے اور ایمی رونے لگے گی۔ اوہ! شاید مجھے چڑیا گھسیٹ کر کارپٹ پر نہیں ڈالنی چاہیے تھی اور شاید اب کارپٹ سے یہ دھبے کبھی صاف نہیں ہو سکیں گے۔ سو مجھے پھانسی دے دو۔

منگل:

میں نے چڑیا کے جنازے میں بخوشی شرکت کی۔ میرا خیال ہے کہ باقی لوگ میری شرکت کو پسند نہیں کر رہے تھے۔ مگر بہر حال، یہ باغ میرا بھی اتنا ہی تھا جتنا ان کا، بلکہ میں ان سے کہیں زیادہ اس باغ میں وقت گزارتی ہوں۔ میں اس پورے خاندان کی واحد فرد ہوں جو اس باغ کا صحیح استعمال کرتی ہوں۔ مگر ان میں سے کوئی اس بات پر میرا شکر گزار نہیں تھا۔ آپ ذرا ان لوگوں کی باتیں تو سنیے !!

" یہ بلی میری کیاری کو تباہ کر رہی ہے۔"

"گلاب کا کوئی پودا تو اس نے چھوڑا ہی نہیں۔"

"ابھی میں نے موتیا لگایا ہی تھا کہ یہ اس کے اوپر بیٹھ گئی۔ بے چارہ پودا فوراً ہی ٹوٹ گیا۔"

"کاش یہ بلی پودوں کے پاس گڑھے نہ کھودا کرے اس سے پودوں کی جڑیں باہر نکل آتی ہیں اور وہ سوکھ جاتے ہیں۔"

غرض رونا دھونا اور ہر وقت کا رونا دھونا! میں نہیں جانتی کہ آخر ان لوگوں نے

بلی پالی ہی کیوں ہے جب ہر وقت ان کو مجھ سے کوئی نہ کوئی شکایت ہی رہتی ہے۔ سوائے ایمی کے جسے ننھے منے پرندوں کے بارے میں پریشان ہونے سے فرصت نہیں ملتی۔ اس وقت بھی ایمی نے چڑیا کو ایک ڈبے میں بند کیا اور ایک چھوٹا سا گڑھا کھود کر اس میں دبا دیا اور پھر ہم سب قبر کے چاروں طرف کھڑے ہو گئے۔ ایمی نے چڑیا کے لیے دعا کی۔

"بھاگ جاؤ۔" ایمی کے والد نے مجھے دھتکارا۔ مگر میں نے ان کے سخت رویے کا کوئی نوٹس نہ لیا۔ آخر وہ خود کو سمجھتے کیا ہیں، اگر میں چڑیا کی آخری رسومات میں شریک ہونا چاہتی ہوں تو مجھے کون روک سکتا ہے؟ آخر میں اس چڑیا کو ان سب لوگوں سے زیادہ جانتی ہوں، اس وقت سے جب وہ چڑیا چھوٹی سی تھی!!

بدھ:

اچھا بھئی، مجھے خوب مارو! میں اس شاندار گھر میں ایک مردہ چوہا جو لے آئی۔ میرا گلا دبا دو۔ حالانکہ میں نے تو وہ چوہا مارا بھی نہیں تھا۔ میں جب اس کے پاس سے گزری تو وہ پہلے ہی اس دنیا کو خیر باد کہہ چکا تھا۔ آج کل کوئی محفوظ نہیں ہے۔ پوری گلی چوہے مار دواؤں سے بھری ہوئی ہے، تیز رفتار گاڑیاں پورا دن یہاں سے گزرتی رہتی ہیں اور میں اس محلے میں رہنے والی اکلوتی بلی بھی نہیں۔ میں تو یہ تک نہیں جانتی کہ اس بے چارے کے ساتھ ہوا کیا تھا؟ میں صرف یہ جانتی ہوں کہ جب میں نے اسے دیکھا تو وہ پہلے سے ہی مرا ہوا تھا اور اس وقت میرے ذہن میں یہ خیال آیا کہ کیوں نہ اسے اٹھا کر گھر لے جایا جائے، یہ نہ پوچھیے گا کہ کیوں؟ شاید میرا دماغ چل گیا تھا۔ مجھے کیا معلوم تھا کہ ایمی مجھے پکڑ کر اتنا زیادہ غصہ کرے گی۔

"اوہ کیٹی! تم نے اس ہفتے میں دوسری بار ایسی حرکت کی ہے اور میں یہ حرکتیں برداشت نہیں کر سکتی۔ میں جانتی ہوں کہ تم ایک بلی ہو اور اس طرح کی حرکتوں کی تم سے امید کی جاسکتی ہے مگر پھر بھی میری خاطر کیٹی تم یہ حرکتیں چھوڑ دو۔" اس نے میری آنکھوں میں جھانکا،

"تم چھوڑ دو گی ناں پلیز۔" میں نے پلکیں جھپکائیں جس کا مطلب تھا۔

" نہیں!" مگر وہ بدستور کہتی رہی۔ "یہ میرا حکم ہے کیٹی! میں تمھیں بہت چاہتی ہوں مگر تمھیں اس قسم کی حرکتوں کی اجازت نہیں دے سکتی۔ سمجھ گئی؟" اس نے مجھے پنجوں سے پکڑا ہوا تھا سو میں کہہ بھی کیا سکتی تھی۔ اس لیے میں نے مجبوراً اپنے چہرے پر شرمندگی کے آثار طاری کر لیے اور پھر ایمی دوبارہ رونے لگی اور ہم نے ایک اور جنازے میں شرکت کی۔

جمعرات:

میں آپ لوگوں کو خرگوش کے بارے میں سمجھانے کی کوشش کرتی ہوں۔ اگرچہ میں نے پہلی دفعہ اتنے بڑے خرگوش کو اتنے چھوٹے سے دروازے سے (جو میری آمدورفت کے لیے بڑے دروازے میں کھولا گیا تھا) گزارنے کا عظیم کارنامہ سرانجام دیا تھا مگر بظاہر کوئی میری اس کامیابی سے متاثر نہیں نظر آیا۔ حالانکہ یہ کوئی آسان کام نہیں تھا۔ میرے آنے جانے کا راستہ بہت چھوٹا سا ہے اور یہ خرگوش بے حد موٹا تھا۔ اگر میری رائے لی جائے تو اس کو خرگوش کے بجائے دنبہ کہنا زیادہ مناسب ہو گا۔ مگر اس گھر میں میری رائے لیتا ہی کون ہے؟ خیر! نہ صرف یہ کہ کسی نے مجھے اس کارنامے پر شاباش نہیں دی بلکہ الٹا سب چلانے لگے۔

"ارے یہ تو فیٹی ہے، پڑوسیوں کا خرگوش!" امی چلائی۔

"اُف خدایا! یہ ہم کس مصیبت میں پھنس گئے۔ ہماری بلی نے پڑوسیوں کے خرگوش کو مار ڈالا۔ اب ہم کیا کریں گے!" ابو نے سر پیٹ لیا۔

"لیکن ایک بلی ایسا کیسے کر سکتی ہے، میرا مطلب ہے کہ یہ کوئی چھوٹا سا پرندہ یا چوہا نہیں۔ یہ خرگوش تو خود بلی کے سائز کا ہے دونوں میں سے کوئی ایک ٹن سے کم کا نہیں۔" امی نے مجھے گھورا۔ میں نے یہ سن کر غصے سے دُم ہلائی۔ میں اس موٹے خرگوش سے زیادہ اسمارٹ ہوں مگر کسی نے میرے احتجاج پر توجہ نہیں دی۔ امی حسب معمول چیخ چیخ کے رونے لگی۔ "میں یقین نہیں کر سکتی کہ کیٹی اتنی ظالم بھی ہو سکتی ہے۔" وہ چلائی۔

"اور پھر فیٹی خرگوش تو پڑوس میں برسوں سے رہتا آرہا ہے۔ پہلے تو کیٹی کو کبھی ایسی حرکت کا خیال نہیں آیا۔" پھر وہ میری طرف مڑی، "کیٹی! یہ تو تم نے حد ہی کر دی۔ فیٹی اس وقت خرگوش کم اور کوڑے کا ڈھیر زیادہ لگ رہا تھا۔ اس کا پورا جسم کیچڑ میں لتھڑا ہوا تھا۔ اس کے بالوں میں گھاس پھوس اٹکا ہوا تھا اور اس کے کانوں پر گریس لگ گئی تھی۔ لیکن یہ تو سوچیں کہ کوئی بھی شخص اگر زمین پر گھسیٹتا ہوا ایک باغ سے دوسرے باغ کا سفر کرے اور پھر ایک چھوٹے سے دروازے سے گزر کر آپ تک پہنچے تو وہ اتنا اچھا نہیں لگ سکتا ناں جیسے کوئی پارٹی میں جا رہا ہو اور پھر فیٹی کو اس بات کی کوئی پروا بھی نہیں تھی کہ وہ کیسا لگ رہا ہے۔ وہ مر چکا تھا۔ مگر باقی لوگوں کو اس بات کی بہت پروا تھی (اور کچھ زیادہ ہی پروا تھی، ہنھ!)

"اب ہم کیا کریں؟" ایمی نے پوچھا" یہ بہت برا ہوا ہے۔ پڑوسی اب ہم سے کبھی بھی بات نہیں کریں گے۔" امی نے سر پکڑ لیا۔

"ہمیں لازمی اس مشکل کا کوئی حل نکالنا ہو گا۔" ابو نے کہا اور اُنھوں نے حل نکال ہی لیا۔ مجھے کہنا پڑے گا کہ یہ ہر لحاظ سے ایک عمدہ منصوبہ تھا۔

سب سے پہلے ایمی کے ابو ٹب لے کر آئے اور اس میں گرم پانی کے ساتھ صابن گھولا۔ ساتھ ہی وہ مجھے غصے سے گھورتے جا رہے تھے تاکہ میں شرمندہ ہو جاؤں۔ مگر میں بھی اپنی وہی پرانی "میں متاثر نہیں ہوئی۔" والی نظروں سے گھورتی رہی۔ پھر ایمی کی امی نے فیٹی کو ٹب میں ڈالا۔ پانی خطرناک حد تک بھورے رنگ کا ہو گیا۔ (کیچڑ کی وجہ سے) اور پھر مجھے گھورتے ہوئے جیسے یہ سب میری ہی غلطی ہو، اسے ٹب سے نکال کر سنک میں ڈال کر صابن سے دھونے لگیں۔ ایمی حسب معمول رو رہی تھی۔ (وہ ایک رونی بچی تھی) "رونا بند کرو ایمی! میرا سر درد سے پھٹ رہا ہے۔ اگر تم میری مدد کرنا چاہتی ہو تو پلیز میرے کمرے سے ہیئر ڈرائر اٹھا کر لے آؤ۔" اس کی امی نے اسے ڈانٹا۔ لہٰذا ایمی مسلسل روتے ہوئے اوپر چلی گئی۔ میں کھڑکی کے اوپر بیٹھ گئی اور ان سب کو دیکھنے لگی۔ انھوں نے فیٹی غریب کو خوب رگڑ رگڑ کر صاف کیا تھا۔ اچھا ہی ہوا کہ وہ مر چکا تھا ورنہ اسے اپنے ساتھ یہ سلوک ہرگز پسند نہیں آتا۔ اسے نہانے سے نفرت تھی۔ انھوں نے اس کے بالوں سے پانی نچوڑ کر اسے ایک پرانے اخبار پر رکھ دیا اور ایمی کو ہیئر ڈرائر دیتے ہوئے کہا، "اب تم اس کو اچھی طرح خشک کر کے اس کے بال سنوار دو۔" میں تسلیم کرتی ہوں کہ ایمی نے یہ کام بہترین طریقے سے کیا۔ اسے بڑا ہو کر ہیئر سٹائلسٹ بننا چاہیے۔ فیٹی اپنی

زندگی میں بھی اتنا خوبصورت نہیں لگا تھا جتنا اب ایمی کی محنت سے لگ رہا تھا۔

"اب کیا کریں؟" ایمی کے ابو نے کہا۔ ایمی کی امی نے پہلے ہاتھ سے خرگوش اور پھر باہر کی طرف اشارہ کیا۔ "اوہ نہیں! میں یہ کام نہیں کر سکتا۔" ایمی کے ابو نے احتجاج کیا۔ "یہ کام آپ ہی کریں گے۔ اب کیا میں یہ خرگوش رکھنے کے لیے پڑوسیوں کی دیوار کو دوں گی؟" ایمی کی امی نے ان کو ایسی نظروں سے گھورا جن سے وہ مجھے گھورا کرتی ہیں۔ (فرق صرف یہ ہے کہ میں ڈرتی نہیں)

اب میں سمجھی کہ ان لوگوں کا منصوبہ کیا تھا۔ وہ خرگوش کو خاموشی سے اس کے گھر واپس پہنچانا چاہتے تھے تاکہ جب وہ مرا ہوا ملے تو کسی کو پتہ نہ چلے کہ اسے میں گھسیٹ کر اپنے گھر لائی تھی۔ میں اس بارے میں کچھ وضاحت کرنا چاہتی تھی مگر میری سنتا ہی کون ہے اور میں تو صرف ایک بلی ہوں۔ میں کھڑکی پر بیٹھی انھیں دیکھتی رہی۔

جمعہ:

رات کے بارہ بجے ایمی کے ابو سیاہ لباس میں غیٹی کا پارسل لے کر روانہ ہوئے تو ایمی کی امی نے کہا "اس وقت کوئی آپ کو دیکھ لے تو چور خیال کرے۔"

"کاش کوئی ہماری بلی بھی چرا کر لے جائے۔" ایمی کے ابو بڑبڑائے۔ میں نے انھیں نظر انداز کیا۔

"باہر کی لائٹ نہ جلانا ورنہ کوئی دیکھ لے گا۔" ایمی کے ابو نے امی کو خبردار کیا۔ میں نے بھی ابو کے ساتھ باہر نکلنے کی کوشش کی مگر ایمی کی امی نے مجھے اپنے پاؤں سے روک لیا۔ "تم اب رات میں گھر کے اندر ہی رہو گی۔ اس ہفتے ہم تمھاری

وجہ سے خاصی مصیبت جھیل چکے ہیں۔"

میری دوستوں نے مجھے بعد میں بتایا کہ انھوں نے ایمی کے ابو کو پڑوسیوں کے باغ میں جاتے ہوئے دیکھا تھا۔ "ایمی کے ابو رات کو ٹھیک سے دیکھ نہیں سکتے، کتنی عجیب بات ہے۔" میری دوست ٹائیگر نے تبصرہ کیا۔ "وہ ایک گھنٹے تک اندھیرے باغ میں خرگوش کا پنجرہ ڈھونڈتے رہے۔ پھر اس کا دروازہ کھول کر فیٹی کو اندر اس کے بستر پر بٹھا دیا۔ بالکل ایسا لگ رہا تھا جیسے فیٹی سو رہا ہو۔"

" بالکل! کوئی بھی اسے دیکھے گا تو یہی سمجھے گا جیسے فیٹی سوتے میں ہی مر گیا ہو۔ آرام سے خوشی، خوشی۔" یہ کہہ کر ہم سب زور سے ہنس پڑے۔

بدستور جمعہ:

صبح سویرے ایمی کے ابو نے میرے دروازے پر ایک کیل ٹھونک دی اور مجھ سے مخاطب ہوئے "دیکھو! میں نے اس دروازے پر یہ کیل لگا دی ہے۔ اب تم اس سے باہر تو جا سکتی ہو اور چاہو تو ہمیشہ کے لیے گم بھی ہو سکتی ہو لیکن اگر تم واپس آنا چاہو گی تو اپنے ساتھ کوئی اور چیز لانے کی زحمت اب نہ کرنا کیونکہ یہ دروازہ اب صرف اندر سے کھل سکتا ہے۔ جب تک گھر کا کوئی فرد تمھارے لیے دروازہ نہیں کھولے گا، تم اندر نہیں آ سکتی اور خبردار جو میں آئندہ تمھیں کسی مردہ جانور کے ساتھ دروازے پر دیکھوں!" میں دل مسوس کر رہ گئی۔

ہفتہ:

مجھے ہفتے کی صبح بالکل پسند نہیں، گھر میں ایک ہنگامہ سا مچا ہوتا ہے۔ سب لوگ مارکیٹ جانے کی تیاریوں میں مصروف ہوتے ہیں۔ "کیا تم نے میرا پرس دیکھا ہے؟"

"شاپنگ لسٹ کہاں ہے ؟"

"کیا کیٹی کا کھانا بھی لانا ہے ؟" (ظاہر ہے لانا ہے اور نہیں تو کیا میں ہوا کھاؤں گی ؟)

لیکن آج صبح نسبتاً خاموشی تھی۔ ایمی ایک ٹوٹے ہوئے ٹائل پر فیٹی کی قبر کا کتبہ بنا رہی تھی۔ "فیٹی خدا تمھیں خوش رکھے۔"

" یہ کتبہ لے کر تم اس وقت تک باہر نہیں نکلو گی جب تک فیٹی کے مرنے کی اطلاع پڑوسی، ہمیں نہ دے دیں۔" ایمی کے ابو نے اسے خبر دار کیا۔ ایمی رونے لگی۔ وہ بہت نرم دل تھی (اور روتو بھی) "پڑوسن شاپنگ کرنے جا رہی ہے ں۔" ایمی کی امی نے کھڑکی سے باہر جھانکتے ہوئے کہا۔

"اچھا تو ہم دس منٹ بعد نکلیں گے تا کہ ان سے آمنا سامنا نہ ہو۔"

ایمی کے ابو نے کہا۔ لیکن جب ہم شاپنگ سے فارغ ہوئے اور لوٹنے لگے تو پڑوسی ہمیں راستے میں ٹکرا گئے۔ " صبح بخیر "ایمی کی امی نے مجبوراً کہا۔

" صبح بخیر " پڑوسن نے جواب دیا۔ "کل کی نسبت آج موسم بہت اچھا ہے۔"

"ہاں ! کل کا دن تو بہت ہی برا تھا۔" وہ شاید موسم کے بارے میں بات کر رہی تھیں مگر ایمی کی آنکھوں میں فوراً آنسو بھر آئے۔ اسے پتہ نہیں کیوں فیٹی سے اتنی محبت تھی جبکہ اس کی پالتو میں تھی، فیٹی نہیں ! اب چونکہ اس کی آنکھیں آنسوؤں سے دھندلا چکی تھیں اور وہ اپنا راستہ ٹھیک سے دیکھ نہیں پا رہی تھی لہذا وہ فٹ پاتھ سے ٹکرا گئی اور اس کے شاپنگ بیگ سے میرے کھانے کے ٹن نکل کر سڑک پر لڑھکنے لگے۔ ایمی جلدی جلدی ان کو سمیٹنے لگی، ساتھ ہی اس نے ایک ڈبے کا لیبل

پڑھا، 'خرگوش کا گوشت۔" اور پھر رونا شروع کر دیا۔

واقعی یہ بچی بالکل احمق ہے۔ اگر یہ بلی ہوتی تو میں اسے کبھی بھی اپنے گینگ میں شامل کرنا پسند نہیں کرتی۔ "ارے ہاں! خرگوش سے یاد آیا کہ کل ہمارے گھر میں ایک بہت ہی عجیب واقعہ پیش آیا۔" پڑوسی نے کہا

"واقعی؟" ایمی کے ابو نے مجھے گھورتے ہوئے کہا۔

"اور وہ کیا بھلا؟" ایمی کی امی نے بھی مجھے گھورتے ہوئے کہا۔ "پیر کے دن فیٹی کچھ بیمار لگ رہا تھا۔ اس لیے ہم اسے گھر کے اندر لے آئے۔ منگل کو وہ مزید بیمار ہو گیا اور پھر بدھ کو وہ چل بسا۔ وہ بہت بوڑھا ہو گیا تھا اور ایک لمبی خوش گوار زندگی گزار چکا تھا۔ اس لیے ہم کو کچھ زیادہ حیرت نہیں ہوئی۔ ہم نے اس کی آخری رسومات ادا کر کے اسے اپنے باغ میں دفنا دیا۔" (میں اب بادلوں کو گھور رہی تھی)

"اور جمعرات کو وہ اپنی قبر سے غائب ہو گیا" پڑوسن نے کہا۔

"غائب ہو گیا؟" ایمی کی امی اور ابو نے ایک ساتھ کہا۔

"ہاں، وہاں صرف ایک گڑھا اور وہ ڈبہ پڑا ہوا تھا جس میں ہم نے فیٹی کو دفن کیا تھا۔"

"واقعی؟" ایمی کی امی نے کہا" خدا کی پناہ!" ایمی کے ابو نے مجھے گھورتے ہوئے کہا۔

"اور پھر کل ایک اور عجیب بات ہوئی۔ فیٹی واپس آگیا۔ وہ بہت صاف ستھرا اور خوبصورت لگ رہا تھا اور اپنے پنجرے میں پڑا تھا۔" پڑوسن نے بات مکمل کی۔" پنجرے میں؟ آپ نے کہا؟"

"مرنے کے بعد نہایا دھویا؟ کس قدر حیرت کی بات ہے۔" میں یہ کہے بغیر

نہیں رہ سکتی کہ میرے گھر والے بہت اچھے اداکار ہیں۔ "یہ کیسے ممکن ہے ؟"

"نہایت عجیب بات ہے۔"

" یہ تو معمہ ہی ہو گیا۔ "غرض یہ سب باتیں کرتے کرتے ہم سب گھر آ گئے۔

گھر پہنچتے ہی ایمی کے امی ابو مجھ پر الٹ پڑے۔ "چالاک، دھوکے باز!"

"ہم پر ایسے ظاہر کیا جیسے تم نے اسے خود مارا ہو۔"

"جھوٹی بلی۔"

"مجھے تو پہلے ہی یقین تھا کہ یہ اس موٹے خرگوش کو نہیں مار سکتی۔ وہ اس سے بڑا تھا۔"

آپ لوگوں کو ان کی باتیں سن کر ایسا لگے گا کہ وہ جیسے چاہتے تھے کہ میں اس خرگوش کو مارتی۔ مگر ایمی حسب معمول مہربان تھی۔

"آپ لوگ بے چاری کیٹی کو نہ ڈانٹیں۔ میں شرطیہ کہہ سکتی ہوں کہ اس غریب نے فیٹی کی قبر بھی نہیں کھودی ہو گی۔ مجھے یقین ہے کہ یہ حرکت سامنے والے پڑوسیوں کے کتے کی ہے۔ کیٹی نے تو یہ کیا کہ اس بے چارے خرگوش کو اٹھا کر ہمارے پاس لے آئی تا کہ ہم اسے دوبارہ دفنا سکیں۔ کتنی اچھی اور رحمدل ہے میری بلی۔ "اس نے مجھے اپنے ساتھ محبت سے بھینچا۔

"کیوں! میں صحیح کہہ رہی ہوں ناں کیٹی؟" میں خاموش رہی۔ میں کہہ بھی کیا سکتی ہوں۔ میں صرف ایک بلی ہوں۔ اسی لیے میں خاموشی سے بیٹھ کر دیکھتی رہی کہ ایمی کے ابو میرے دروازے پر ٹھونکی گئی کیل واپس اکھاڑ رہے تھے۔

***

٦

اپنا آئیڈیا

مصنف: David Henry Wilson

ترجمہ: گل رعنا

"یہ کوئی بہت اچھی خندق نہیں ہے۔"

علی نے کھدائی کرتے کرتے اُوپر کی طرف دیکھا۔ وہاں ادرک بالوں والا، اپنے چہرے پر خود پسندی کے تاثرات لیے ایک لڑکا کھڑا تھا۔ اس کا نام یاسر تھا اور وہ علی کا پڑوسی تھا۔ اس مغرور لڑکے سے بات کی جائے تو پتا چلتا تھا کہ وہ ہر کام دوسروں سے پہلے ہی کر چکا ہوتا تھا، ہر بات پہلے ہی جانتا تھا اور اس کے پاس ہر چیز پہلے سے ہی موجود ہوتی تھی۔

"یہ ہر جگہ سے بہت پھیلی ہوئی ہے۔" یاسر نے مزید تنقید کی۔ "خندق ہمیشہ گول ہونی چاہیے نہ کہ چاروں طرف سے پھیلی ہوئی۔"

"میں شرط لگا کر کہہ سکتا ہوں کہ تم اس سے بہتر خندق نہیں کھود سکتے۔" علی نے چڑ کر کہا۔

"جی نہیں! میں کھود سکتا ہوں۔ وہاں کچھ فاصلے پر میں نے اپنا محل بنایا ہے۔ اس کے چاروں طرف خندق کھودی ہے اور وہ تمھاری اس خندق سے ہزار درجہ اچھی ہے۔" یاسر نے فخر سے کہا۔

"میں نے تو ابھی کھودنا شروع ہی کیا ہے۔" علی نے کہا۔

"خیر! تمھاری خندق ٹوٹی پھوٹی ہے۔ جبکہ اسے گول ہونا چاہیے۔" یاسر نے دہرایا۔

"میں گول خندق بنانا ہی نہیں چاہتا، میں ٹیڑھی خندق ہی بنانا چاہتا ہوں۔" علی نے کہا۔

"کیوں؟" یاسر نے پوچھا۔

"کیونکہ۔۔۔." علی کو جواب نہ سوجھا۔

"کیونکہ کیا؟" یاسر نے پیچھا نہ چھوڑا۔

"کیونکہ۔۔۔." علی نے سوچتے ہوئے کہا۔ "کیونکہ گول خندق پرانا فیشن ہو گیا ہے۔ میرے ڈیڈی کہتے ہیں کہ اب کوئی گول خندق پسند نہیں کرتا۔"

"تم یہ صرف اس لیے کہہ رہے ہو کیونکہ تم گول خندق بنا ہی نہیں سکتے۔ تمھیں پتا ہی نہیں ہے کہ وہ کیسے بنتی ہے۔" یاسر نے مذاق اڑانے والے لہجے میں کہا۔

"جی نہیں! میں جانتا ہوں۔" علی بولا۔

"تو پھر بنا کر دکھاؤ۔" یاسر ہنسا۔

"میں نہیں بناؤں گا۔" علی نے کہا۔

"تم بنا ہی نہیں سکتے۔" یاسر نے حقارت سے کہا۔ "تم آکر میرے محل کو دیکھو پھر تمھیں پتا چلے گا کہ اچھے محل کیسے بنتے ہیں؟"

"ٹھیک ہے۔" علی نے اٹھتے ہوئے کہا۔ "تم مجھے اپنا سڑا ہوا محل دکھاؤ۔ میں شرطیہ کہہ سکتا ہوں کہ وہ بالکل فضول ہوگا اور اس محل سے بالکل بھی اچھا نہیں ہوگا جو میں بنانے جارہا ہوں کیونکہ میں دنیا کا بہترین محل بناؤں گا۔" چلتے چلتے وہ یاسر کے محل کے پاس آگئے۔ اور یہ بالکل بھی فضول محل نہیں تھا بلکہ بہت خوب صورت تھا۔ اس کے اِردگرد بالکل گول خندق کھدی ہوئی تھی۔ بہت سے ہموار مینار، دیواریں، دروازے اور فصیل صفائی سے بنے ہوئے تھے۔ وہ بالکل اصلی محل لگ رہا تھا۔ "یہ دیکھو! ایسے بنتا ہے ریت کا محل! تم ایسا محل کبھی بنا ہی نہیں سکتے۔" یاسر نے فخر سے کہا۔

"ہاں! اچھا ہے۔ مگر میں نے اس سے اچھے بھی دیکھے ہیں۔" علی نے ہار نہ مانی۔

"کہاں؟" یاسر نے پوچھا۔

"اور جگہوں پر۔" علی بولا۔

"کون سی اور جگہوں پر؟" یاسر جان کو آگیا۔

"وہ۔۔۔۔ وہ۔۔۔۔ اور جگہیں ۔۔۔۔ جیسا کہ ۔۔۔۔ جیسا کہ رفاہ پور کے سرائے محل۔" علی ہکلایا۔

"یہ کون سی جگہ ہے؟" یاسر نے ناک چڑھائی۔

"یہ ہوٹل ہے۔" علی نے کہا۔

"اوہ! تمھارا مطلب ہے، رفاہ پور پیلس ہوٹل۔" یاسر نے ہنس کر کہا۔ "میں

اپنے گھر والوں کے ساتھ وہیں تو رکا ہوں اور میں نے کبھی تمھیں وہاں نہیں دیکھا۔"

"نہیں! کیونکہ میں وہاں ٹھہرا ہی نہیں ہوں کیونکہ ہم لوگ وہاں ٹھہرنا ہی نہیں چاہتے تھے۔ ہم جواد صاحب کے گیسٹ ہاؤس میں ٹھہرے ہیں۔" علی نے جلدی جلدی کہا۔ "رفاہ پور تو ایک فائیو اسٹار ہوٹل ہے۔ میں یقین سے کہہ سکتا ہوں کہ جواد صاحب کا گیسٹ ہاؤس فائیو اسٹار ہو ہی نہیں سکتا۔" یاسر نے مذاق اُڑانے والے لہجے میں کہا۔

"ستاروں کی پروا کون کرتا ہے؟ میں ناشتے میں وہاں روزانہ دو انڈے اور مرغی کے کباب کھاتا ہوں۔" علی ہار ماننے کو راضی نہ تھا۔

"میں روز ناشتے میں تلی ہوئی مچھلی اور چار ٹوسٹ کھاتا ہوں۔" یاسر نے کہا۔

"جواد صاحب نے کل مجھے بڑی والی چاکلیٹ بھی دی تھی۔" علی بولا۔

"چاکلیٹ کھانے سے دانت خراب ہوتے ہیں۔ تمھیں چاکلیٹ نہیں کھانی چاہیے۔" یاسر نے ناک چڑھائی۔

"اور تمھیں روز تلی ہوئی مچھلی نہیں کھانی چاہیے۔ روز مچھلی کھانے سے لوگ مر جاتے ہیں۔" علی نے کہا۔

"نہیں مچھلی کھانے سے کوئی نہیں مرتا۔" یاسر نے سر نفی میں ہلایا۔

"جی نہیں۔ مر جاتے ہیں۔ میرے جاننے والوں میں کوئی مچھلی کھانے سے مر چکا ہے۔" علی نے کہا۔

"کون؟" یاسر نے پوچھا۔

"میری امی کی دادی! انہوں نے تلی ہوئی مچھلی کھالی تھی۔ پھر سب نے ان کو ایک چارپائی پر ڈالا اور کہیں لے کر چلے گئے۔"

یہ گفتگو یقیناً ابھی جاری رہتی مگر اسی لمحے ساحل سمندر کی طرف سے یاسر کے ابو آ گئے۔ "آؤ یاسر، میری صبح کی سیر مکمل ہوگئی۔ اب ہم ہوٹل واپس جا رہے ہیں۔"

انھوں نے پہلے یاسر سے کہا پھر علی کو دیکھ کر بولے۔ "علی! ارے واہ تم لوگ بھی چھٹیاں گزارنے اس ساحلی شہر میں آئے ہوئے ہو۔ میری طرف سے اپنے امی ابو کو سلام کہنا۔" پھر چلتے، چلتے بولے۔

"اوہ! کتنا خوب صورت ریت کا محل ہے۔ کیا تم نے اسے اکیلے ہی بنایا ہے علی؟"

"نہیں یہ میں نے نہیں بنایا۔ یہ تو یاسر نے بنایا ہے۔" علی نے سادگی سے کہا۔

"یاسر! تم نے کیا علی کو یہ بتایا ہے کہ یہ محل تم نے بنایا ہے؟" یاسر کے ابو نے اسے گھورا۔ یاسر کا چہرہ سرخ ہو گیا اور وہ اپنے سیدھے پاؤں کی طرف دیکھنے لگا جسے وہ اپنی پوری طاقت کے ساتھ ریت میں دھنسا رہا تھا۔

"میں تمھیں کتنی بار منع کر چکا ہوں کہ تمھیں اس طرح کے جھوٹ نہیں بولنے چاہییں۔ یہ بہت بُری بات ہے۔" انہوں نے سختی سے ڈانٹا۔ یاسر سر جھکائے کھڑا رہا۔

"اب علی کو خدا حافظ کہو اور ہوٹل واپس چلو۔"

"خدا حافظ۔" یاسر نے اب بھی اپنے پاؤں کی طرف دیکھتے ہوئے کہا۔

"خدا حافظ۔"

علی نے کہا: " اُمید ہے کہ دن میں تمھیں مچھلی کھانے کو ملے گی۔" اس نے اضافہ کیا۔

یاسر اپنے ابو کے ساتھ چلا گیا اور علی اپنی ٹیڑھی خندق کی طرف لوٹ آیا۔ شاید اس کا محل دنیا کا بہترین محل تو نہیں تھا مگر وہ کم از کم اس کا اپنا ضرور تھا۔ اس کے اپنے آئیڈیے کی عملی تعمیر تھی۔ علی بے ساختہ مسکرایا اور کھدائی دوبارہ شروع کر دی۔

***

۷

آخری پتا

مصنف: O Henry

ترجمہ: گل رعنا

مغربی واشنگٹن کے مضافات میں کچھ تنگ و تاریک محلے ایسے بھی ہیں جہاں شہر کی غریب آبادی رہائش پذیر ہے۔ آبادی کا زیادہ تر حصہ مصوروں اور دیگر فنون لطیفہ سے وابستہ افراد پر مشتمل ہے۔ ایسے ہی دو کمرے کے ایک فلیٹ میں دو سہیلیاں رہتی تھیں۔ دونوں ہی اچھی مصور تھیں۔

یہ ماہ نومبر تھا جب ایک اجنبی، سرد مہر مہمان کالونی میں داخل ہوا جسے ڈاکٹرز نمونیہ کے نام سے پکارا کرتے تھے۔ نمونیہ اپنی برفیلی انگلیوں سے کبھی کسی کو اور کبھی کسی کو چھوتا رہا یہاں تک کہ بد قسمتی سے ایک دن ماریہ بھی نمونیے کا شکار ہو گئی۔ مرض اپنی شدت پر تھا اور وہ بالکل بستر سے لگ گئی تھی۔ وہ ہر وقت کمرے کی کھڑکی سے باہر جھانکتی رہتی تھی جو گھر کے پچھلے حصے میں کھلتی تھی۔

ایک صبح معروف ڈاکٹر نے سونی کو بلایا اور کہنے لگے: "مریض کے پاس صرف

ایک فی صد چانس ہے اور وہ بھی اس صورت میں اگر وہ خود جینا چاہے، ورنہ وہ مرجائے گی۔ وہ صرف قوت ارادی کے بل پر تندرست ہو سکتی ہے۔ مگر آپ کی ننھی دوست نے اپنا ذہن بنالیا ہے کہ وہ ٹھیک نہیں ہوسکتی۔ شاید یہ ذہنی کمزوری کے باعث ہے۔ میں اپنی طرف سے تو پوری کوشش کررہا ہوں کہ مریضہ ٹھیک ہوجائے لیکن جب میرا مریض اپنے جنازے میں شریک ہونے والے افراد کی تعداد گننا شروع کردے تو میں اپنی دوا کی تاثیر میں سے پچاس فیصد منہا(کمی) کردیتا ہوں۔"

ڈاکٹر کے جانے کے بعد سونی، ماریہ کے کمرے میں گئی۔ وہ اپنے بستر میں بے حس و حرکت پڑی تھی۔ اس کا چہرہ کھڑکی کی طرف تھا۔ سونی کو لگا جیسے وہ سو رہی ہو۔ اس نے اپناڈرائنگ بورڈ اُٹھا کر اپنا کام کرنا شروع کر دیا۔ اسے ایک رسالے کی کہانیوں کے اسکیچ بنانے کا کام ملا تھا۔ ابھی وہ اپنے کام میں مصروف ہی تھی کہ اچانک اسے ایک دھیمی آواز سنائی دی۔ وہ جلدی سے اُٹھ کر ماریہ کے بستر کے پاس گئی۔ ماریہ کی آنکھیں پوری طرح کھلی ہوئی تھیں۔ وہ کھڑکی سے باہر دیکھ رہی تھی اور اُلٹی گنتی گن رہی تھی۔ "بارہ" اس نے کہا۔ پھر تھوڑی دیر بعد "گیارہ"، پھر "دس"، "نو"، "آٹھ"، "سات" جلدی جلدی گنے۔ سونی نے تشویش زدہ نظروں سے کھڑکی سے باہر دیکھا۔ وہاں گنتی گننے کے لیے تھا ہی کیا؟ صرف ایک خالی اُجاڑ صحن اور گھر کی پچھلی دیوار جس پر انگور کی ایک بہت پرانی بیل لپٹی ہوئی نظر آرہی تھی۔ خزاں کی ٹھنڈی سانس نے انگور کی بیل کے قریب قریب سارے ہی پتے جھاڑ دیے تھے اور اب تقریباً گھنی بیل دیوار سے لپٹی نظر آرہی تھی۔

"تم کیا گن رہی ہو ڈیئر؟" سونی نے پوچھا۔

"چھے۔" ماریہ نے تقریباً سرگوشی میں کہا۔ "وہ اب پہلے کے مقابلے میں اور بھی تیزی سے گر رہے تھے۔ تین دن پہلے وہ تقریباً سو کے لگ بھگ تھے۔ ان کو گنتے گنتے میرے سر میں درد شروع ہو جاتا تھا۔ لیکن اب یہ آسان ہے۔ یہ ایک اور گرا۔ اب صرف پانچ رہ گئے ہیں۔"

"پانچ کیا میری دوست؟ مجھے نہیں بتاؤ گی؟" سونی نے پیار سے پوچھا۔

"انگور کی بیل کے پتے! جب آخری پتا گر جائے گا تو میں بھی مر جاؤں گی۔ مجھے یہ بات پچھلے تین دن سے معلوم ہے۔ کیا تمھیں ڈاکٹر نے نہیں بتایا؟"

"میں نے آج تک ایسی احمقانہ بات نہیں سنی!" سونی نے غصے سے کہا۔ "بھلا انگور کی بیل کے پتوں کا تمھارے صحت یاب ہونے سے کیا تعلق ہے؟ اور تم کو تو یہ بیل بہت پسند تھی بے وقوف لڑکی! اب سوپ پیو اور مجھے اپنا کام مکمل کرنے دو تاکہ میں رسالے سے اپنا معاوضہ حاصل کر کے اپنی پیاری دوست کے لیے کچھ پھل اور اپنے لیے چرغہ خرید سکوں۔"

"اب تمھیں میرے لیے مزید پھل خریدنے کی ضرورت نہیں۔" ماریہ نے کہا، اس کی آنکھیں ابھی بھی کھڑکی سے باہر جمی ہوئی تھیں۔ "ایک اور گرا۔ نہیں، مجھے سوپ کی بھی ضرورت نہیں، اب صرف چار پتے رہ گئے ہیں۔ میں اندھیرا ہونے سے پہلے، پہلے آخری پتے کو گرتے ہوئے دیکھنا چاہتی ہوں۔ پھر میں خود بھی یہاں سے ہمیشہ، ہمیشہ کے لیے رخصت ہو جاؤں گی۔"

"ماریہ ڈیئر!" سونی نے اس پر جھکتے ہوئے کہا۔ "کیا تم وعدہ کرو گی کہ جب تک

میں اپنا کام مکمل نہ کرلوں، تم اپنی آنکھیں بند رکھو گی اور کھڑکی سے باہر نہیں دیکھو گی۔ مجھے یہ کام مکمل کر کے ہر حال میں کل ایڈیٹر کو دینا ہے۔ مجھے روشنی کی ضرورت ہے ورنہ میں کھڑکی کا پردہ گرا دیتی۔"

"کیا تم دوسرے کمرے میں جا کر اپنا کام نہیں کر سکتیں؟" ماریہ نے سرد مہری سے پوچھا۔

"نہیں! میں تمھیں یہاں اکیلے نہیں چھوڑنا چاہتی اور نہ ہی میں یہ چاہتی ہوں کہ تم اس طرح باہر انگور کی بیل کو تکتی رہو۔"

"اچھا! تو جیسے ہی اپنا کام ختم کرلو، مجھے بتا دینا۔" ماریہ نے اپنی آنکھیں بند کرتے ہوئے کہا اور سیدھا ہو کر لیٹ گئی۔ وہ کسی مردے کی طرح سفید اور بے حس و حرکت نظر آرہی تھی۔

"کیونکہ میں آخری پتے کو گرتے ہوئے دیکھنا چاہتی ہوں۔ میں انتظار کرتے، کرتے تھک چکی ہوں۔ میں سوچتے سوچتے تھک چکی ہوں۔ میں زندگی کو تھامے رہنے سے تھک چکی ہوں۔ میں ان غریب پتوں کی طرح خاموشی سے گر جانا چاہتی ہوں، سب کچھ چھوڑ دینا چاہتی ہوں۔"

"تم سونے کی کوشش کرو۔" سونی نے کہا۔

"مجھے پڑوس سے بوڑھے برمن کو بلانے جانا ہے۔ مجھے ایک کان کن کا خاکہ بنانا ہے جس کے لیے برمن سے بہتر ماڈل اور کوئی نہیں ہو سکتا۔ اپنی جگہ سے ہلنے کی بھی کوشش نہیں کرنا، میں دس منٹ میں آتی ہوں۔"

بوڑھا برمن بھی ایک مصور تھا جو نیچے والے فلیٹ میں رہتا تھا۔ اس کی عمر

ساٹھ سال سے اوپر ہو چکی تھی۔ وہ ہمیشہ ایک ماسٹر پیس بنانے کی کوششوں میں مصروف رہا لیکن ابھی تک وہ اپنی ان کوششوں میں ناکام رہا تھا اور اب محض سائن بورڈ پینٹ کرنے کا کام کر کے اپنی روزی کمار ہا تھا۔ کچھ پیسے وہ کالونی میں رہنے والے نوجوان مصوروں کے لیے ماڈل بن کر کمالیتا تھا جو اچھے اور پیشہ ور ماڈل کی فیس ادا نہیں کر سکتے تھے۔ اس کے باوجود وہ ہر کسی سے اپنے خوابوں کی اس شاہ کار پینٹنگ کے بارے میں باتیں کرتا رہتا تھا جو اس نے ابھی بنانی ہی شروع نہیں کی تھی۔ سونی جب برمن کو بلانے گئی تو وہ کھانس رہا تھا۔ کمرے کے ایک کونے میں خالی کینوس پچھلے پچیس سال سے شاہ کار تصویر کے انتظار میں ٹنگا ہوا تھا۔ سونی نے اسے ماریہ کی طبیعت اور عجیب و غریب خیالات کے بارے میں بتایا۔ وہ خوف زدہ تھی کہ ماریہ جو خود ایک سوکھے پتے کی طرح کمزور اور ہلکی پھلکی ہو چکی ہے، کہیں واقعی ایک پتے کی طرح اپنی گرفت دنیا سے کھو نہ بیٹھے۔

بوڑھے برمن کی آنکھوں میں آنسو آگئے۔ "یہ کیسی حماقت انگیز سوچ ہے؟ کیسے بے وقوفانہ خیالات ہیں؟" وہ چلایا۔

"کیا دنیا میں ایسے لوگ بھی موجود ہیں جو اپنی زندگی کو کسی خزاں رسیدہ بیل کے پتے گرنے سے وابستہ کر لیتے ہیں؟ تمھاری دوست احمق ہے جاؤ جا کر اپنی احمق دوست کی تیمارداری کرو۔"

"وہ بیمار اور کمزور ہے اور بخار نے اس کی سوچوں کو بھی بیمار اور کمزور بنا دیا ہے اور مسٹر برمن۔" سونی نے برا مانتے ہوئے کہا۔

"اگر آپ میرے لیے کام نہیں کرنا چاہتے تو آپ کو زحمت کرنے کی ضرورت

بھی نہیں ہے۔ مگر میں یہ کہے بغیر نہیں رہ سکتی کہ آپ ایک سخت دل انسان ہیں۔ کالونی کے لوگ بالکل ٹھیک کہتے ہیں۔"

"اور دنیا کے سب لوگ بھی بالکل ٹھیک کہتے ہیں کہ ساری لڑکیاں جلد باز اور احمق ہوتی ہیں۔" برمن چلایا۔

"میں نے یہ کب کہا کہ میں مدد نہیں کروں گا۔ میں چل رہا ہوں۔ میں تو ماریہ بیٹی کے بیمار ہونے کی وجہ سے پریشان ہو گیا تھا۔ مگر یاد رکھنا، میں کسی نہ کسی دن اپنا شاہکار ضرور بناؤں گا۔ ہم سب اپنے مصور کا شاہکار ہیں اور ایک دن اس کے پاس لوٹ جائیں گے۔ کیا سمجھیں؟ اب چلو!"

جب وہ دونوں اوپر پہنچے تو ماریہ سو چکی تھی۔ سونی نے کھڑکی کا پردہ نیچے گرا دیا اور برمن کو اشارے سے دوسرے کمرے میں لے گئی۔

دوسرے کمرے کی کھڑکی سے وہ دونوں خوف زدہ نظروں سے انگور کی ٹنڈ منڈ بیل کو دیکھتے رہے اور پھر خاموشی سے ایک دوسرے کی طرف دیکھنے لگے۔ باہر اچانک تیز بارش شروع ہو گئی تھی۔ تیز ہواؤں کے جھکڑ سنتے، سنتے، سونی نے برمن کی تصویر بطور کان کن بنانا شروع کر دی۔

اگلے دن جب سونی سو کر اٹھی تو ماریہ کو جاگتے پایا۔ وہ کھڑکی کے گہرے سبز پردے کو خالی خالی نظروں سے گھور رہی تھی۔ "پردہ ہٹا دو۔ میں باہر دیکھنا چاہتی ہوں۔" اس نے نحیف آواز میں حکم دیا۔

سونی نے جھجکتے ہوئے پردہ ہٹا دیا۔

مگر اوہ! ساری رات طوفانی بارش اور خوف ناک ہواؤں کے جھکڑ چلنے کے

باوجود بھی انگور کی بیل پر ایک پتا موجود تھا۔ یہ بیل کا آخری پتا تھا۔ بیچ میں سے زرد مگر کناروں سے ابھی تک سبز یہ بہادر پتا زمین سے تقریباً بیس فٹ اوپر دیوار پر لپٹی بیل پر موجود تھا۔ "یہ آخری ہے۔" ماریہ نے کہا۔ "میرا خیال تھا کہ رات کو یہ بھی گر چکا ہوگا۔ میں کل تیز ہواؤں کی آواز سن رہی تھی۔ خیر! اب یہ آج گر جائے گا اور میں بھی اس کے ساتھ ہی مر جاؤں گی۔"

"ڈیئر!" سوتی نے تھکی تھکی آواز میں کہا۔

"اگر تمھیں اپنا خیال نہیں ہے تو میرا ہی کچھ خیال کرو۔ میرا کیا بنے گا؟" مگر ماریہ نے کوئی جواب نہیں دیا۔ دنیا میں سب سے اکیلا وہ شخص ہے جو خود کو ایک پراسرار، دور دراز سفر پر جانے کے لیے تیار کر رہا ہو۔ یہ عجیب و غریب خیال اس پر اپنی گرفت اتنی ہی تیزی سے مضبوط کر رہا تھا جتنی تیزی سے ایک ایک کر کے دوستی اور دیگر تمام دنیاوی بندھنوں پر سے اس کی گرفت کمزور ہوتی جا رہی تھی۔ دن آہستہ آہستہ گزرتا رہا۔ سورج غروب ہوتے وقت بھی دھندلی روشنی میں وہ دونوں آخری پتے کو بیل سے لپٹے ہوئے دیکھ سکتی تھیں اور پھر رات کو طوفانی ہوائیں دوبارہ چلنا شروع ہو گئیں۔ تیز بارش رات بھر جاری رہی۔

جیسے ہی صبح کی روشنی پھیلنا شروع ہوئی، ماریہ نے بے رحمی سے پردہ ہٹانے کا حکم دیا۔ آخری پتا اب بھی وہاں موجود تھا۔

ماریہ کافی دیر تک اسے دیکھتی رہی اور پھر اس نے سونی کو آواز دی جو کچن میں اس کے لیے سوپ بنا رہی تھی۔ "میں بہت بری ہوں سونی۔" ماریہ نے کہا۔ "کسی غیبی طاقت نے اس پتے کو بیل پر اس لیے موجود رہنے دیا تاکہ میں جان سکوں کہ

میں کتنی بُری، خود غرض اور کمزور اعتقاد کی ناشکری لڑکی ہوں۔ مرنے کی خواہش کرنا گناہ ہے۔ خدا کی ذات سے مایوسی کفر ہے۔ مجھے کچھ سوپ پینے کے لیے دو اور تھوڑا دودھ بھی دلیے کے ساتھ بلکہ نہیں، پہلے مجھے ایک چھوٹا آئینہ لا کر دو تا کہ میں اپنا حلیہ درست کر سکوں اور مجھے تکیے کے ساتھ سہارا دے کر بٹھا دو۔"

دوپہر میں ڈاکٹر آیا۔ جب وہ معائنہ کر کے جانے لگا تو سونی سے کہا۔

"خدمت اور محبت سے زندگی کا چانس بڑھایا جا سکتا ہے۔ ماریہ بہت جلد ٹھیک ہو جائے گی۔ وہ پھر سے جینا چاہتی ہے۔ اب مجھے اجازت دیں مجھے آپ کے نیچے والے فلیٹ میں ایک مریض کو دیکھنے جانا ہے۔ اس کا نام برمن ہے اور غالباً وہ بھی کوئی آرٹسٹ ہے۔ اس کو نمونیہ ہو گیا ہے۔ وہ ایک بوڑھا اور کمزور انسان ہے اور نمونیہ کا حملہ بہت شدید ہے۔ اس کے بچنے کی کوئی امید نہیں ہے لیکن آج ہم اسے ہسپتال بھیج دیں گے تا کہ شاید کچھ بہتری ہو جائے۔"

اگلے دن ڈاکٹر نے سونی سے کہا۔ "ماریہ کی حالت خطرے سے باہر ہے آپ جیت گئیں۔ خوراک اور دیکھ بھال۔ اب صرف یہی کافی ہے۔"

اور اس دوپہر سونی، ماریہ کے پاس آئی جو اُونی اسکارف بُننے میں مصروف تھی۔ سونی نے ماریہ کے گلے میں بانہیں ڈال کر کہا۔ "میں تمھیں کچھ بتانا چاہتی ہوں میری ننھی دوست!" اس کی آواز مدھم ہو گئی۔

"مسٹر برمن نمونیے کے حملے کی وجہ سے آج ہسپتال میں انتقال کر گئے۔ وہ صرف دو دن بیمار رہے۔ دو روز قبل عمارت کے جمعدار نے انھیں اپنے فلیٹ کی سیڑھیوں پر گرے ہوئے پایا تھا۔ وہ درد سے بے قرار تھے۔ ان کے کپڑے اور

جوتے گیلے اور برف سے زیادہ ٹھنڈے ہو رہے تھے۔ عمارت کے لوگوں کو سمجھ میں نہیں آرہا تھا کہ وہ ایسی طوفانی بارش والی رات میں کہاں تھے اور کیا کر رہے تھے اور پھر ان لوگوں کو ایک لالٹین ملی جو اس وقت بھی جل رہی تھی اور لکڑی کی ایک سیڑھی جو اپنی جگہ سے ہٹی ہوئی تھی اور کچھ پینٹ برش جو بکھرے ہوئے تھے اور رنگوں کی تختی بھی جس میں سبز اور زرد رنگ گھولا گیا تھا۔ کھڑکی سے باہر جھانکو میری دوست! بیل کے اس آخری پتے کو دیکھو، کیا تم کو کبھی یہ سوچ کر حیرت نہیں ہوئی کہ آخر یہ پتا ہوا سے حرکت کیوں نہیں کرتا؟ آہ! میری پیاری دوست! یہ برمن کا شاہکار ہے۔ اس نے یہ پتا دیوار پر بیل کے ساتھ اس طوفانی رات پینٹ کیا تھا جس رات اس بیل کا آخری پتا گر گیا تھا۔"

***

۸

آخری کمال

مصنف: Stephen Leacock

ترجمہ: گل رعنا

"خواتین و حضرات!" جادوگر نے کہا۔ "جیسا کہ میں آپ لوگوں کو دکھا چکا ہوں کہ یہ پیالا بالکل خالی ہے، اب میں اس میں آپ کو ایک گولڈ فش تیرتی ہوئی دکھاؤں گا۔" ہال میں موجود تمام لوگ کہہ رہے تھے۔ "اوہ! زبردست! یہ کیسے ممکن ہے؟" لیکن ہال میں اگلی نشست پر بیٹھا ذہین آدمی اپنے برابر بیٹھے ہوئے لوگوں سے سرگوشی کر رہا تھا۔ "مچھلی والا پیالا اس نے اپنی لمبی آستین میں چھپایا ہوا تھا۔" لوگوں نے خوشی سے سر ہلایا اور کہنے لگے۔ "ہاں واقعی، ضرور یہی بات ہے۔" اور پھر ایک سے ایک یہ بات پورے ہال کو معلوم ہوگئی اور سب کہنے لگے۔ "گولڈ فش اس کی آستین میں چھپی ہوئی تھی۔"

"اب میں آپ کو ہندوستان کا مشہور چھلوں والا کمال دکھاؤں گا۔" جادوگر کہہ رہا تھا۔ "یہ دیکھیے! سارے چھلے بالکل الگ الگ ہیں، مگر میرے پھونک مارتے ہی

سب جڑ جائیں گے۔

"یہ دیکھیے۔"

ہال میں بے ساختہ تالیاں گونج اُٹھیں۔ یہاں تک کہ لوگوں نے سنا، ذہین آدمی کہہ رہا تھا۔ "اس نے ضرور اپنی آستین میں جڑے ہوئے چھلوں کا دوسرا سیٹ چھپایا ہوا ہو گا۔" دوبارہ سب لوگوں نے اپنے سر ہلائے اور کہا۔ "جڑے ہوئے چھلے اس کی آستین میں تھے۔" جادوگر کی تیوری چڑھ چکی تھی۔ "اب میں ایک بہت دلچسپ کمال دکھاؤں گا۔ کیا آپ میں سے کوئی اپنا ہیٹ دے گا؟ جی! ہاں، آپ دیں، شکریہ! دیکھیے حاضرین! یہ ہیٹ بالکل خالی ہے۔ اب میں اس میں سے انڈے بر آمد کر کے دکھاؤں گا۔" اس نے یکے بعد دیگرے ہیٹ سے ایک درجن انڈے نکال کر میز پر رکھ دیے اور اگلے پینتیس سیکنڈ تک حاضرین یہ سمجھتے رہے کہ جادوگر بہت ذہین انسان ہے۔ یہاں تک کہ انھوں نے ہال میں موجود ذہین آدمی کو کہتے سنا۔ "یہ انڈے اس نے اپنی آستین میں چھپائے ہوئے ہوں گے۔" اور سارے لوگوں نے ایک دوسرے سے کہنا شروع کر دیا۔ "اس کی آستینوں میں بہت سے انڈے چھپے ہوئے ہیں۔"

انڈے والا جادو ناکام رہا اور یہ شو ایسے ہی چلتا رہا۔ ذہین آمی کی سرگوشیوں سے حاضرین کو پتا چلا کہ گولڈ فش، چھلوں اور انڈے کے علاوہ جادوگر نے اپنی آستینوں میں تاش کے پتے، ڈبل روٹی، ایک چوزا، ایک گڑیا اور ایک ہزار کا نوٹ چھپایا ہوا ہے۔ جادوگر کی شہرت تیزی سے نقطہ انجماد سے نیچے جا رہی تھی۔ پروگرام کے آخر میں اس نے آخری کوشش کرنے کا فیصلہ کیا۔

"خواتین و حضرات!" اس نے کہنا شروع کیا۔ "آخر میں آپ کو میں مشہور جاپانی کمال دکھاؤں گا جو حال ہی میں ایجاد ہوا ہے۔ کیا آپ جناب!" اس نے ذہین آدمی کی طرف مڑتے ہوئے کہا۔ "کیا آپ برائے مہربانی مجھے اپنی سونے کی گھڑی دیں گے؟" سونے کی گھڑی جادوگر کے حوالے کر دی گئی۔ "کیا آپ مجھے اجازت دیں گے کہ میں یہ گھڑی اس ہاون دستے میں ڈال کر توڑ پھوڑ دوں؟" اس نے پوچھا۔ ذہین آدمی نے مسکرا کر سر ہلایا۔ جادوگر نے گھڑی ہاون دستے میں پھینک دی اور ایک ہتھوڑی اٹھا کر گھڑی کو ٹکڑے ٹکڑے کر دیا۔ "اس نے ضرور میری گھڑی اپنی آستین میں چھپائی ہے۔" ذہین آدمی نے سرگوشی کی۔ "اب جناب! جادوگر نے کہا۔ "کیا آپ مجھے اجازت دیں گے کہ میں آپ کا رومال لے کر اس میں سوراخ کر دوں؟ شکریہ! یہ دیکھیے خواتین و حضرات! میں نے اس رومال میں بہت سارے سوراخ کر دیے ہیں۔ اچھی طرح دیکھ لیجیے! میں نے کوئی دھوکا نہیں دیا ہے۔ ہر کسی کو یہ سوراخ اچھی طرح نظر آرہے ہوں گے۔" ذہین آدمی مسکرایا لیکن اس بار وہ سمجھ نہیں سکا کہ جادوگر کیا کرتب دکھا رہا ہے۔ "اور اب جناب کیا آپ مجھے اجازت دیں گے کہ میں آپ کی قیمتی ریشمی ٹائی موم بتی سے جلادو؟ شکریہ! اور کیا آپ مجھے اجازت دیں گے کہ میں آپ کا چشمہ اپنی ہتھوڑی سے توڑ ڈالوں؟ جی بہت شکریہ!"

اس وقت تک ذہین آدمی خاصا حیران ہو چکا تھا۔ اس کی سمجھ میں نہیں آرہا تھا کہ جادوگر کیا کرنے جارہا ہے۔ ہال میں سناٹا طاری تھا۔ یہاں تک کہ جادوگر کی آواز ہال میں گونجنے لگی۔ "خواتین و حضرات! آپ سب نے ملاحظہ فرمایا کہ میں نے ان صاحب کی اجازت سے ان کی گھڑی توڑ دی، ان کے رومال میں سوراخ کر دیے، ان

کی ٹائی جلادی اور ان کا چشمہ ٹکڑے، ٹکڑے کر دیا۔ اگر یہ مجھے مزید اجازت دیں گے تو میں ان کے کوٹ کے اوپر سبز رنگ کی دھاریاں پینٹ کرنے کے لیے تیار ہوں تاکہ آپ سب لوگ مزید لطف اندوز ہو سکیں اور اگر یہ اجازت نہیں دے رہے تو جناب! میرا آج کا شو یہیں ختم ہوتا ہے۔"

ایک زبردست موسیقی کے ساتھ پردہ گر جاتا ہے اور حاضرین اُٹھ کر ہال سے نکلنے لگتے ہیں۔ ان کو اب یقین ہو چکا ہے کہ کچھ کمالات ایسے بھی ہیں جو جادوگر کی آستینوں کے محتاج نہیں۔

***

۹

سلور بلیز کا اغوا

مصنف: آرتھر کونن ڈائل

ترجمہ: عمیر صفدر

"واٹسن مجھے ہر حال میں آج ہی جانا پڑے گا" یہ الفاظ میرے دوست شرلاک ہومز کے تھے جو اس نے ایک صبح ادا کیے۔

"لیکن کہاں؟" میں نے پوچھا۔

"پائی لینڈ" ہومز نے جواب دیا۔

"لیکن یہ میرے لیے کوئی اچھنبے کی بات نہیں بلکہ میں تو حیران ہوں کہ تم نے اب تک اس کیس پر کام نہیں شروع کیا۔ آخر یہ ریس کے مشہور گھوڑے سلور بلیز کی گمشدگی اور اس کے سدھانے والے کے قتل کا معاملہ ہے اور اب تم وہاں جائزہ لینے کے لیے جا رہے ہو۔ تو کیا میں بھی تمہارے ساتھ جا سکتا ہوں؟"

"میرے دوست واٹسن ہاں تم ضرور چلو۔ ایسی بہت سی چیزیں سامنے آ رہی ہیں جس سے پتہ چل رہا ہے کہ یہ کوئی عام واقعہ نہیں۔"

ایک گھنٹے بعد ہم ریل میں پائی لینڈ نامی قصبہ کی طرف سفر کر رہے تھے۔

"میرے خیال میں تمہیں سلور بلیز اور اس کے ٹریز کے متعلق کافی کچھ پتہ چل چکا ہو گا؟" ہومز نے کہا۔

"میں نے اخبارات میں پڑھا ہے تھوڑا بہت۔"

"بہر حال ہمیں لوگوں کی باتوں پر دھیان دینے سے زیادہ حقائق پر نظر ڈالنی ہو گی۔ اس کے متعلق بہت کچھ کہا جا رہا ہے لیکن حقائق ہی ہمیں اصل بات تک لے جائیں گے۔" ہومز نے مزید کہا۔

"مجھے منگل کے روز گھوڑے کے مالک کرنل روز اور پولیس کے سراغ رساں گریگری کے تار موصول ہوئے۔ انہوں نے مجھ سے مدد کی اپیل کی تھی۔"

"منگل کو!!" میں نے حیرانی سے پوچھا۔ "لیکن آج تو جمعرات ہے تم کل ہی کیوں نہ چلے گئے؟"

"ہاں مجھ سے غلطی ہو گئی۔ اصل میں میرا یہ خیال تھا کہ سلور بلیز جیسا مشہور ریس جیتنے والا گھوڑا زیادہ دیر لاپتہ نہیں رہ سکتا اور مل جائے گا لیکن میں غلط تھا۔ خیر میں تمہیں اس کیس کی چند باتیں بتاتا چلوں۔ سلور بلیز اگلے ہفتے ہونے والی ویسکس کپ کے لیے ہونے والی اہم دوڑ کے لیے پسندیدہ گھوڑا تھا۔ اس پر بہت بڑی رقمیں شرط میں لگی ہوئی تھیں، لہٰذا اس کی گمشدگی سے کچھ لوگوں کا فائدہ بھی ہے۔ کرنل روز نے سختی سے اس واقعہ کے ذمہ دار کو سزا دینے کا مطالبہ کیا ہے۔ قتل ہونے والے گھوڑے کا ٹرینر جان نامی شخص کئی سال سے کرنل کے پاس کام کر رہا ہے۔ اس کے پاس اصطبل میں مزید تین لڑکے کام کرتے تھے جب کہ وہ اور اس کی بیوی

اصطبل کے پاس ہی رہتے ہیں۔ جان نے کبھی اپنے مالک سے بے ایمانی نہیں کی۔ "

" وہاں سے دو میل کے فاصلے پر کیپلٹن کے مقام پر کچھ مزید اصطبل ہیں جہاں ریس کے گھوڑے رکھے جاتے ہیں۔ اس طرف چاروں جانب کھیت اور جنگل ہیں۔ پیر کی رات کرنل روز کے اصطبل میں نیڈ نامی لڑکا ڈیوٹی پر تھا۔ جب باورچن اسے رات کا کھانا دینے آئی تو اس نے دیکھا ایک اجنبی نیڈ کو گھوڑوں سے متعلق معلومات فراہم کرنے کی شرط پر رقم کی پیشکش کر رہا ہے۔ اس پر نیڈ غصے میں آگیا اور کتے کو لینے کے لیے دوڑا۔ باورچن کو یقین ہے کہ اس نے پھر اجنبی کو اصطبل کا دروازہ کھولنے کی کوشش کرتے دیکھا۔ "

"تو کیا وہ لڑکا اصطبل کے دروازے کو تالا نہیں ڈال کے گیا تھا؟" میں نے پوچھا۔

" ہاں میں بھی اس بات پر حیران ہوا تھا لیکن مجھے تار کے ذریعے جو تفصیل ملی ہے اس میں لکھا ہے کہ لڑکے نے دروازے پر تالا ڈالا تھا۔ "

" پھر اسی رات کو" ہومز نے اپنی بات جاری رکھی۔ " جان اپنی بیوی کو یہ کہہ کر اصطبل کی طرف گیا کہ ابھی جائزہ لے کر آرہا ہے۔ لیکن صبح اس کی بیوی نے جان کو غائب پایا تو اصطبل کی طرف گئی۔ وہاں اس نے نیڈ کو فرش پر گہری نیند میں پایا البتہ جان اور سلور بلیز دونوں غائب تھے۔ اگرچہ بقیہ دونوں لڑکے اصطبل کے اوپر ہی سوتے ہیں لیکن انہوں نے بھی رات کچھ نہیں سنا۔ "

پھر مسز جان ان لڑکوں کے ساتھ ان کی تلاش میں گئیں تو کچھ دور جا کر انہیں جان کی لاش نظر آگئی۔ اس کے سر پر کسی بھاری چیز سے ضرب کا نشان اور ٹانگ پر

تیز آلے کا زخم تھا۔ اس کے ہاتھ میں ایک خون آلود چھری بھی تھی۔ جس سے لگتا تھا کہ اس نے مقابلے کی کوشش بھی کی ہے۔ اس کے بائیں ہاتھ میں موجود رومال کے متعلق باورچن اور نیڈ دونوں کو یقین ہے کہ یہ اس اجنبی کا ہے۔ نیڈ کو اس کا بھی یقین ہے گزشتہ شام باورچن جب اس کے لیے شوربہ لائی تھی تو اس اجنبی نے اس میں کوئی نشہ آور چیز ڈال دی تھی جس سے وہ سوتا رہا۔"

"اب تک پولیس نے کیا کچھ کیا ہے؟" میں نے پوچھا۔

" یہ معاملہ گریگری نامی پولیس افسر کے پاس ہے جو ایک قابل شخص ہے۔ لیکن وہ ابھی تک معاملے کی تہہ تک نہیں پہنچ پایا۔ اس نے اجنبی کو گرفتار کر لیا ہے۔ وہ ایک اچھے گھرانے سے تعلق رکھتا ہے لیکن جوئے میں اپنی ساری جمع پونجی ہار چکا ہے۔ اس نے ویسکس کپ کے مقابلے میں سلور بلیز کی شکست پر پانچ ہزار پاؤنڈ لگا رکھے تھے۔ اس اجنبی کا نام سمپسن ہے اور اس کا کہنا ہے کہ وہ تو صرف وہاں گھوڑوں سے متعلق معلومات جمع کرنے گیا تھا اور جان کو اس نے قتل نہیں کیا ہے۔ وہ اس پر کچھ نہیں کہہ سکتا کہ کیوں جان کے پاس اس کا رومال موجود ہے۔ اس کے پاس چلنے کے لیے ایک لاٹھی بھی تھی جس پر شبہ ہے کہ یہی وہ آلہ ہے جس سے جان کے سر پر زخم آیا البتہ اس کے پاس سے کوئی چھری برآمد نہیں ہوئی۔"

" یہ بھی تو ممکن ہے کہ جان کی ٹانگ پر آنے والا چیرا اسی چھری کا ہو جو اس کے ہاتھ میں تھی۔"

"ہاں ایسا ہو سکتا ہے۔ پولیس کا خیال ہے کہ سمپسن نے رات نیڈ کو سلانے کے لیے افیون استعمال کی تھی۔ پھر وہ دوسری چابی سے گھوڑا کھول کر لے گیا۔ شاید

جان نے اسے گھوڑا لے جاتے دیکھ لیا تھا۔ پھر سمپسن نے اسے قتل کیا اور گھوڑا کہیں چھپا دیا۔۔۔ یا پھر گھوڑا بھاگ گیا ہے۔"

جب ہم صبح پائی لینڈ کے قریب واقع ایک قصبے پہنچے تو کرنل روز اور پولیس افسر گریگری اسٹیشن پر ہمارے استقبال کے لیے موجود تھے۔

آپ کی تفصیل نے مزید کئی سوالات چھوڑے ہیں مسٹر گریگری۔" ہومز نے کہا۔

"آخر سمپسن اس گھوڑے کا کیا کرنا چاہتا تھا؟ دوسرے یہ کہ کیا اس کے پاس سے دوسری چابی برآمد ہوئی؟ اور کیا ایک اجنبی کسی گھوڑے کو کہیں چھپا سکتا ہے؟"

"آپ کے سوال اپنی جگہ پر مگر میرے خیال میں دوسری چابی کو کہیں پھینکنا مشکل نہیں۔ اس کے علاوہ پائی لینڈ کے اریب قریب جنگلوں میں خانہ بدوش قبائل آکر اپنے خیمے لگا لیتے ہیں۔ ہمیں پتہ ہے کہ پیر کی رات بھی ایسے ہی کسی خانہ بدوش قبیلے نے ڈیرے ڈالے ہوئے تھے اور ہم انہی کی تلاش میں ہیں۔ گھوڑا ان کے حوالے بھی کیا جا سکتا ہے۔"

"کیا یہاں قریب میں کوئی اور اصطبل ہے؟" ہومز نے پوچھا۔

"جی ہاں، کیپلٹن میں ایک اصطبل ہے جہاں دوڑ کے لیے دوسرے نمبر پر پسندیدہ گھوڑا موجود ہے۔ اس پر بھی بڑی بڑی رقمیں شرط میں لگی ہوئی ہیں۔ البتہ ہم وہاں اس سارے معاملے سے متعلق کچھ بھی نہ تلاش کر پائے اور مسٹر سمپسن کا بھی کیپلٹن سے کوئی تعلق نہیں بن پا رہا۔" یہ ساری گفتگو پائی لینڈ پہنچنے تک جاری رہی۔ وہاں پہنچ کر ہومز چند منٹ تک کچھ سوچتا رہا اور آسمان کو تکتا رہا۔

"کیا آپ وہاں پر جانا چاہتے ہیں جہاں یہ واقعہ ہوا؟" گریگری نے پوچھا۔

"نہیں ابھی نہیں اس سے پہلے بھی دو تین چیزیں جاننا چاہوں گا۔"

اس کے بعد شرلاک ہومز نے کہا کہ وہ جان کے قتل کے وقت اس کی جیبوں میں موجود اشیاء دیکھنا چاہتا ہے۔ ہم جان کے گھر پہنچے۔ کچھ دیر بعد گریگری نے میز پر چند اشیا ڈھیر کر دیں۔ ان میں ایک ماچس کی ڈبیا، ایک پینے والا پائپ، گھڑی، کچھ تمباکو، چند کاغذ اور ایک چھوٹی چھری شامل تھی۔

"یہ ایک غیر معمولی چھری ہے واٹسن۔ کیا تم نے غور کیا؟"

"ہاں بالکل۔ یہ چھری تو میڈیکل وغیرہ کے کاموں میں استعمال ہوتی ہے۔ اس کی دھار نہایت تیز ہوتی ہے۔"

"اور اس چھری کا جیب میں لے کر پھرنا بھی عجیب بات ہے۔" اتنا کہہ کر ہومز نے کاغذوں کی طرف ہاتھ بڑھایا۔

"اس کے علاوہ باقی سب فضول ہیں۔" گریگری نے ایک پرچہ اٹھاتے ہوئے کہا۔ "یہ کسی لندن کے کپڑوں کی دکان سے آیا ہوا بل ہے جو مسٹر ڈربی کے نام بھیجا گیا ہے۔ مسز جان کا کہنا ہے کہ مسٹر ڈربی ان کے شوہر کا دوست ہے اور اس کے خط عام طور پر ان ہی کے یہاں آتے ہیں۔"

جب ہم جان کے گھر سے نکل کر اس جگہ پہنچے جہاں وہ قتل ہوا تھا تو شرلاک ہومز زمین پر کچھ ڈھونڈنے لگا۔ پھر اس نے وہاں مٹی وغیرہ ہٹائی اور ایک آدھی جلی ہوئی ماچس کی تیلی ڈھونڈنے میں کامیاب ہو گیا۔

"یہ ہے وہ جس کی مجھے تلاش تھی۔"

"تو کیا تمہیں پتہ تھا کہ یہ یہاں پر مل جائے گی؟" گریگری نے حیرانی سے پوچھا۔

"ہاں۔" ہومز نے جواب دیا۔

یہاں سے گریگری اور کرنل روز روانہ ہو گئے اور ہم کیس پر مزید غور کرنے کے لیے تنہا رہ گئے۔ ہومز نے مجھے بتانا شروع کیا۔

"واٹسن اب سے ہمیں جان کے قتل سے متعلق نہیں بلکہ صرف سلور بلیز کے بارے میں جاننا ہے کہ وہ کہاں پر ہے۔ فرض کیا وہ بھاگ نکلا ہے لیکن گھوڑا ویرانے سے ڈرتا ہے اور دوسرے گھوڑوں کے ساتھ رہنا ہی پسند کرتا ہے۔ جب کہ خانہ بدوش بھی اسے ہتھیا نہیں سکتے کیوں کہ وہ پولیس کے معاملے سے ڈرتے ہیں۔ کہو کیا ایسا ہی ہے؟"

"بالکل۔۔۔ لیکن پھر وہ گیا کہاں۔ کیا ہم اس کی تلاش میں جا سکتے ہیں۔"

"وہ پائی لینڈ کے کسی اصطبل میں نہیں۔ ضرور وہ کیپلٹن کی طرف گیا ہو گا۔ گریگری وہاں اسے تلاش کر چکا ہے لیکن اگر وہ وہاں واقعی موجود ہے تو رستے میں اس کے قدموں کے نشان مل جائیں گے۔"

کچھ دیر کی مسافت کے بعد ہمیں نرم زمین پر کسی گھوڑے کے قدموں کے نشان نظر آئے۔ ہم ان کا پیچھا کرتے ہوئے نصف میل تک چلے گئے۔ حتیٰ کہ کیپلٹن کے قریب پہنچ گئے۔ پھر ہم نے ان نشانات کے ساتھ کسی آدمی کے جوتوں کے نشان بھی پائے۔

"اچھا تو یہاں تک گھوڑا اکیلا تھا۔" ہومز کے منہ سے نکلا۔ ہم ان نشانات کے

پیچھے چلتے رہے حتیٰ کہ وہ ایک اصطبل کے دروازے پر جا کر ختم ہو گئے۔ ایک لڑکا وہاں کھڑا تھا۔ ہومز نے اسے بلا کر پوچھا۔

" یہ بتاؤ کہ تمہارا مالک کتنے بجے صبح اٹھتا ہے ؟"

"وہ سب سے پہلے اٹھ جاتے ہیں۔"

اتنے میں اصطبل کا مالک خود آ گیا۔

" ہمیں یہاں اجنبیوں کا آنا بالکل پسند نہیں۔ تم لوگ جاتے ہو یا میں کتے کو خبر دار کروں۔" اصطبل کا مالک چلاتے ہوئے بولا۔ ہومز نے آگے بڑھ کر اس کے کان میں کچھ کہا۔ پھر وہ ہنسی خوشی ہومز کو اندر لے جانے پر راضی ہو گیا۔ تقریباً بیس منٹ بعد جب وہ دونوں باہر آئے تو اس اصطبل کے مالک کی شکل پر ہوائیاں اڑ رہی تھیں۔

" میں ویسا ہی کروں گا جیسا تم نے کہا۔" اس نے کانپتے ہاتھوں سے ہومز سے مصافحہ کرتے ہوئے کہا۔ پھر ہم پائی لینڈ آ گئے۔

"کیا اس کے پاس گھوڑا موجود ہے ؟" میں نے پوچھا۔

"پہلے تو اس نے انکار کیا لیکن جب میں نے اسے وہ سب بتا دیا جو اس نے منگل کی صبح کیا تھا تو اسے یقین ہو گیا کہ میں اسے دیکھ چکا ہوں۔ اس نے مجھے بتایا کہ واقعی جب اس نے ویرانے میں ایک گھوڑا دیکھا تو حیران ہوا اور پھر جب وہ سلور بلیز نکلا تو اس نے اسے ویسکس کپ کی دوڑ ہونے تک چھپانے کا فیصلہ کیا۔ لیکن اب وہ مزید مشکل میں پڑنے سے بچنا چاہتا ہے۔"

"لیکن پولیس تو اس کے اصطبل کی تلاش لے چکی ہے۔" میں نے تعجب سے

کہا۔

" واٹسن ایک تجربہ رکھنے والے ٹریز کو بہت سے طریقے آتے ہیں۔ تم بہر حال ابھی کرنل کو یہ بات مت بتانا۔ میں اس سے ایک چھوٹا سا مذاق کرنا چاہتا ہوں۔ لیکن اس کا تعلق جان کے قتل سے بالکل نہیں۔"

"کیا تم یہ مسئلہ ابھی نہیں سلجھانا چاہتے؟" میں نے پوچھا۔

" نہیں بلکہ ہم ابھی رات کی ٹرین سے واپس لندن جا رہے ہیں۔" میں ہومز کے اس جواب پر حیران رہ گیا۔ آخر وہ کیوں جانا چاہ رہا ہے جب کہ معاملہ کامیابی سے آگے بڑھ رہا ہے۔ ہم وہاں سے جان کے گھر پہنچے جہاں کرنل اور گریگری ہمارا انتظار کر رہے تھے۔

" میں اور واٹسن آج رات لندن جا رہے ہیں۔ آپ سلور بلیز کا نام دوڑ میں شامل رکھئے گا۔ مجھے امید ہے کہ آپ کا گھوڑا ہی دوڑ جیتے گا۔" اتنا کہہ کر ہومز نے گریگری سے جان کی تصویر مانگی۔

پھر ہم وہاں سے اٹھ کھڑے ہوئے۔ جاتے جاتے ہومز کو جیسے کچھ یاد آیا۔ اصطبل کے ایک لڑکے کی طرف مڑا اور پوچھا۔

"کیا تم نے اصطبل میں موجود دوسرے جانوروں کے رویے میں کوئی تبدیلی محسوس کی؟"

"ہاں تین بھیڑیں ذرا لنگڑا کر چل رہی ہیں۔" لڑکے نے کہا۔

"اور کیا اس رات کتے نے کسی قسم کا غیر معمولی مظاہرہ کیا؟"

" نہیں بلکہ وہ تو خاموش رہا۔" ہومز اس جواب سے کچھ مطمئن سا ہو کر نکل

آیا۔

چار دن بعد میں اور ہومز ٹرین میں بیٹھے تھے۔ اس مرتبہ ہم ویسکس کپ کا مقابلہ دیکھنے جا رہے تھے۔ کرنل روز ہمیں اسٹیشن پر ملا۔ اس کا رویہ کافی سرد تھا۔

"مجھے ابھی تک گھوڑا نہیں ملا۔ لیکن اس کا نام دوڑ میں ابھی تک شامل ہے جیسا کہ آپ نے کہا تھا۔"

"سب سے زیادہ شرط کس پر لگی ہوئی ہے؟" ہومز نے پوچھا۔

"حیرت کی بات یہ ہے کہ ابھی تک سلور بلیز پہلے نمبر پر ہے۔"

"تو پھر سلور بلیز دوڑ میں ضرور ہو گا۔"

اتنے میں دوڑ شروع ہو گئی۔ "مجھے تو کہیں بھی سلور بلیز نظر نہیں آرہا۔ یہ جس نے میرے گھوڑے کے نمبر والا کپڑا اوڑھ رکھا ہے سلور بلیز کسی طرح نہیں ہو سکتا۔" کرنل روز اس سارے منظر کو پھٹی پھٹی آنکھوں سے دیکھ رہا تھا۔ دوڑ اپنے عروج پر تھی۔ کیپلٹن کا گھوڑا سب سے آگے تھا۔ مگر ابھی آدھا راستہ ہی طے ہو پایا تھا کہ وہ تھک کر ذرا ایک طرف ہو گیا۔ اتنے میں وہی گھوڑا جسے ہومز سلور بلیز کہہ رہا تھا آگے بڑھا اور اختتام تک اپنی سبقت برقرار رکھی۔ سب چلتے ہوئے اس گھوڑے تک پہنچے۔

"اب ذرا کرنل تم اپنے گھوڑے کا منہ اور ٹانگیں وغیرہ اچھی طرح دھو لینا۔ پھر تمہیں اپنا گھوڑا پہچاننے میں کوئی مشکل نہیں ہو گی۔"

"تمہارا بہت شکریہ ہومز۔ تم نے میرا گھوڑا ڈھونڈنے میں واقعی کمال ذہانت سے کام لیا۔ لیکن اب تمہیں جان کے قاتل کے بارے میں بھی پتہ لگانا

ہے۔" کرنل نے گھوڑے کی لگام تھامتے ہوئے کہا۔

"میں نے اس کا بھی پتہ لگالیا ہے۔"

میں اور کرنل اس جواب پر حیرت زدہ رہ گئے۔

"اور وہ قاتل ابھی میرے پاس ہی کھڑا ہے۔"

"ہومز یہ کوئی اچھا مذاق نہیں۔" کرنل نے قدرے برہمی سے کہا۔

ہومز نے ایک قہقہہ لگایا۔ "میرا اشارہ تمہاری طرف نہیں کرنل بلکہ جس پر تمہارا ہاتھ رکھا ہے وہ ہے جان کا قاتل۔ لیکن اس نے ایسا اپنی حفاظت کے لیے کیا۔ بہر حال مجھے کہنا پڑ رہا ہے کہ جان کوئی ایماندار آدمی نہیں تھا۔" ہومز نے واپسی پر بقیہ قصہ سنانا شروع کیا۔

"اخبارات سے مسٹر سمپسن ہی قصوروار ٹھہرے تھے۔ مگر حقائق کچھ اور کہہ رہے تھے۔ جب میں پائی لینڈ آیا تو مجھے خیال آیا کہ اس رات باورچن جو کھانا لے کر آئی تھی وہ شوربے پر مشتمل تھا۔ جب کہ سمپسن کیسے نیڈ کے شوربے میں افیون ملانے کا منصوبہ بنا سکتا ہے۔ آخر ایک اجنبی کیوں کر جان سکتا ہے کھانے میں کیا پکا ہے؟ کیوں کہ صرف شوربے جیسی چیز میں افیون حل ہو سکتی ہے اور اس کا ذائقہ غائب ہو سکتا ہے۔ لیکن جان نے یہ کام کیا تاکہ لڑکے گہری نیند سو جائیں۔ اس کے علاوہ کتے کی خاموشی اس بات کا ثبوت ہے کہ گھوڑا کوئی اجنبی شخص نہیں لے کر گیا۔"

"لیکن اسے آخر ایسا کرنے کی ضرورت کیوں پیش آئی؟"

"کیوں کہ وہ گھوڑے کو کسی ویران جگہ لے جا کر اس ٹانگ میں چیرا لگانا چاہتا تھا تاکہ وہ دوڑ نہ جیت سکے۔ اس کے لیے اس نے موم بتی اور ماچس بھی رکھ لی تھی۔

لیکن گھوڑا اندھیرے میں جلنے والی روشنی سے بدک گیا اور اس نے جان کو چھری کا زخم لگانے کی بھی اجازت نہ دی بلکہ اس کی مزاحمت کے دوران جان گر گیا اور اس کا سر کسی پتھر وغیرہ سے لگ کر پھٹ گیا۔ جہاں تک اس کی ٹانگ پر موجود زخم کا نشان ہے یہ بھی اسی چھری کا لگا ہوا ہے جو اس کے ہاتھ میں تھی اور اس کی ٹانگ سے لگ گئی۔ اس کی جیب سے جس دکان کا بل ملا ہے تو جب میں نے وہاں جا کر اس کی تصویر دکھائی تو انہوں نے اسے مسٹر ڈربی کی حیثیت سے پہچان لیا۔ یعنی جان ایک بڑی رقم کا مقروض بھی تھا اس لیے اس نے ایک بڑی شرط سلور بلیز کی شکست پر لگائی اور پھر اسے دوڑ کے لیے ناساز بنانے کا منصوبہ بنایا۔ اس لیے اس نے تجربہ کے طور پر پہلے بھیڑوں کی ٹانگوں پر اس چھری سے چیرے لگائے جو نہایت باریک اور نظر نہ آنے والے تھے۔"

"اور وہ رومال جو اس کے پاس سے برآمد ہوا کیا سمپسن کا نہیں تھا؟" کرنل روز نے پوچھا۔ "ہاں وہ سمپسن کا ہی ہوگا اور ایسا محض اتفاقی ہوا ہے۔"

"تم نے تو سب معاملہ صاف کر دیا ہومز۔ اچھا اس دوران گھوڑا کہاں پر تھا؟" کرنل نے کہا۔ "یوں سمجھو کہ پڑوس میں کوئی اس کی دیکھ بھال کر رہا تھا۔ میں اس سے زیادہ نہیں بتا سکتا۔"

میں ہومز کا آخری نکتہ سمجھ گیا تھا۔ اتنے میں ہم اسٹیشن پہنچ چکے تھے۔

***

منتخب دلچسپ کہانیوں کا ایک اور مجموعہ

کہانیوں کی بستی

مرتبہ : سید حیدرآبادی

بین الاقوامی ایڈیشن جلد منظر عام پر آرہا ہے